韩 羽集

二

信马由缰

河北出版传媒集团
河北美术出版社

作 者

目　录

信马由缰

韩羽，山东聊城人，1931年生。始入私塾念之乎者也，后上学堂读咿呀哼咳。间或与村童割草拾柴，扒瓜摸枣。偶亦逃学，杂入野台戏班，粉墨登场。初中辍学，继之学徒。1948年参加工作，挤进美术队伍，先后从事编辑、创作、教学，混到而今。自感少时荒于嬉戏，羞我“吴下阿蒙”。败子回头，亡羊补牢，听鸡犹思起舞。

这是我的“流水账”，字数不多，所行所为却也尽都包括进来了。如果以此为纲，倒是颇有许多可以回忆的。信马由缰，不妨想到哪儿，写到哪儿。

对第一句话，还得啰嗦几句，我的家乡原先叫堂邑县，曾改名武训县，后又撤销了县，划归聊城市，成为聊城市的一个区镇，于是我也就成了“山东聊城人”。

我们这个老县城有句顺口溜：“堂邑县，破猪圈，砖头瓦块一大片。”这不大好听。也有好听的，堂邑城又叫白雀城。据说建城之始，有一群白雀飞集，是祯祥之兆。纵使白雀，也终是雀。我倒认为颇可自豪的是出了一个要饭叫花子——武训（虽然他老人家也曾一度灰头土脸过）。再有，似乎是在《东周列国志》上看到的，说孙膑、庞涓交兵于堂邑东南。那书上的堂邑如果是我们这个堂邑，我们这堂邑岂不就有了点儿“文物性”。闲话少说，言归正传。

看着这些上学的孩子，想起八十多年前我也背着书包每天来往在这条街上。

沾了迷信的光

直到现在母亲仍时常提起：我还在不会说话时就咿咿呀呀地爬在场院里画“唱戏的”了。对此，我一点儿印象都没有。我说母亲是少见多怪。因为一个小孩子随地乱画，本是出于本能的一种游戏活动，有何出奇之处？天下事总是那么难以言说。就说这“少见多怪”吧，有的为此倒了霉，也有的为此沾了光。我就沾了这“少见多怪”的光。乡下人无知，凡是遇上不可解的事，都要从迷信上找答案。我就听三姨不止一次地说过：“这孩子画画是天生的，八成是投生时没喝‘迷魂汤’。”越说越神，结果三里五乡的人都知道堂邑东街韩家的小孩儿天生会画画了。这一来，把父亲的心给烘热了。他虽是农民，也懂得“望子成龙”。于是买纸买笔买颜料，下起本钱来。

提到儿时之事，并非沾沾自喜；反之，既惭且愧。我今已六十有四，岁月蹉跎，竟至一事无成，不能不有“仲永”之叹。我所以又提

（左）三姨 （右）母亲

起“这把不开的壶”，是我忽然悟到我的一生与绘画结缘，竟是始由“迷信”而来，想来岂不有趣?

黑面条

城东门外，紧傍着护城河小桥是一间卖烟的小铺。我正在小桥旁。卖烟老汉的孙子捧着一大碗黑高粱凉面条大步跨出门外，顺势蹲在门口，瞅了我一眼，不慌不忙地用筷子将面条、黄瓜、蒜拌来拌去，将面条高高挑起，又瞅我一眼，“呼噜”将面条猛地吞进，嚼得啧啧有声。他以为我在咽唾沫了，或许我真的咽唾沫了，得意起来。又挑起一筷子面条，晃来晃去，瞅来瞅去，冲我挤眉弄眼，又呼地吞了进去。紧嚼几口，“啊”的一声舒出一口长气，像是香极了。大概我又咽唾沫了。他更得意地将那面条拌来拌去。这时我觉得四周的一切都不存在了，唯有那晃动着的黑面条。

突然，我的后背挨了一巴掌。一只手将我趔趔趄趄地拽了过去。是二姑。她边走边嚷：“ 哪里都找不着你，跑到这里看人家吃饭。馋死你，看我告诉你娘去不！”

姥姥家

姥姥家堂屋的东里间门，用手一推，就“唉”的一声，像是叹气。我几乎天天都推来推去，它也就唉唉地叹个不停。

一到半晌午，母鸡就从窗台上的鸡窝里钻出来，扑扇着翅膀跳下地，“咯嗒咯嗒”叫起来。接着东邻家的母鸡也叫起来。还有南邻家的、西邻家的，到处是“咯嗒咯嗒”的声音。这时姥姥就说：“该做饭了。”一会儿，灶屋里冒出了刺鼻的柴烟，在母鸡的“咯嗒咯嗒”的叫声里，又响起了“咕嗒咕嗒”的风箱声。

我小舅叫庚五，和我年岁一般大。即使玩得最起劲的时候，一看太阳到了晌午，也毅然决然地说：“不玩了。”撇下我一溜风飞跑，跑出胡同，跑向村口。开始我纳闷，后来明白了，他是去牵牛。我看他绕着下地回来的长工不停地求告：“让我牵牵，让我牵牵。”一旦接过缰绳，却又战战兢兢地尽可能地远躲着牛，壮起胆子大声吆喝：“吼，吼，快走！”有时还学着大人腔调骂上一句：“娘的！”

虽然庚五爱牵牛，可外祖父一个劲地逼他念书。每天早晨，他总坐在堂屋的八仙桌旁，一边含着眼泪，一边“苟日新，日日新，又日新。康诰曰：作新民”。外祖父从来不让我念书，我可以自由自在地玩儿，看着小舅对我羡慕极了的眼光，我充满了优越感，真切地觉得：住姥姥家真好。可是小舅在“作新民”，我却没了玩伴。有时等急了，就冲着堂屋里喊：“姥爷（我家乡对外祖父的叫法），小舅念完了没有？”

有时也教诗，诗就有意思得多了。比如：“暧暧远人村，依依墟里烟。狗吠深巷中，鸡鸣桑树巅。”我就模模糊糊地觉着像姥姥家的小郭庄。

外祖父，村里人都叫他八先生，据说是个秀才。平常里下地干活儿，一旦三里五乡的村里有了丧事下帖子请他，就换上长衫，给人家当“点主”先生去。他崇信“忠厚传家远，诗书继世长”。小舅，他唯一的继承人，就成了“逼”的对象。有时姥姥埋怨说：“这么点小孩儿，整天逼着他念书，你想逼死他呀！”

四姨沾了是女孩子的光，没有遭受逼着念书的罪。可没逃脱裹脚的罪。她比我大几岁，都说她长得好看，我却一点儿也看不出来。我最看中的是她的辫子，每逢打架时，我总是想法去拽她的辫子。她对付我，是告状，用现下话说就是“打小报告”，一告一个准。我们却又整天谁也离不开谁，一会儿不见，就要“叫魂”了（到处喊叫之意）。

春天里，家家剜野菜，拌上玉米面蒸着吃，图省粮食，也图新鲜。我和四姨也常去村北麦地里剜野菜。麦苗刚刚漫过老鸹，绿油油一望无际，风一刮，一起一伏，像水波浪。麦垄里，土又松又暖，躺在上面舒坦极了。太阳晒得浑身痒痒。从麦梢缝里瞧上去，是蓝天，是白云。瞧着瞧着，那白云慢慢地似乎像要盖下来了，一眏眼，它倏地又飞回了原处。

只有春季才有叫着“光棍多苦”的鸟，边叫着边飞向官道北去了。在老远的官道北，一个小孩儿高声地与鸟一对一答：

“光棍多苦。”

“你喝糊糊。”

“光棍多苦。”

“你想媳妇？”

…………

突然，四姨喊起来：“还不爬起来剜野菜！”

回到村里，站在家门口支起耳朵听，是意料中的四姨的照例的话：“他光玩儿了。”母亲说：“今儿不让他吃饭。”

《图说聊城》中的这对“门神”，恰是我姥姥家堂屋东里间门上的那对“门神”。为何记得这么确凿，请看《信马由缰》：“姥姥家堂屋的东里间门，用手一推，就‘唉’的一声，像是叹气。我几乎天天都推来推去，它也就唉唉的叹个不停。”

既然“天天都推来推去”，那“门神”也就必然地在我眼前晃来晃去，能不铭刻于心乎!

我由穿开裆裤的小孩儿已成了耄耋老汉了，可他们依然青春永葆。

看　戏

如果问起我们家乡的农村庙会，可以这么说：一个用苇席、杉杆搭起的戏台。戏台的左前方有一个烧水的炉灶。不管戏台上是正在唱着还是打着，从后台里总不时地走出一个人站在台口大喊："开水！"戏台底下也总少不了一两处押宝赌钱的摊子。戏台四周半里方圆内，布满买卖人的布棚、席棚。饺子、丸子、烧饼、油条、炸糕、凉粉，还有布匹百货……到处挤满了人，尘土飞扬，一片嗡嗡之声。真怪，现在连去走动一趟都没了兴致的地方，那时不知怎么有那样大的魅力，使得小时候的我们，兴奋得发疯。

戏台前面，人挤成了柿饼子。拥过来，挤过去，屁味、汗味、酒味。但这并不妨碍人们仰起脸全神贯注在戏台上。

看戏的最好位置是"扒台板"，这好比现在戏院里的头一排，看得清，听得真。这是宝地，谁都想争。可是，能在这儿站上个半钟头谈何容易，这不只要腿预膀粗身强力壮，还得会挤，在不断的力量的冲击下保持平衡。那时农村里的人们不兴打球、跳高、跳远之类的运动，却懂得赛一赛。因此，有的小伙子挤进这“宝地”，一半是为了看戏，一半也是为了一显身手，事后好向人夸口：“我整整扒了一上午台板，纹丝不动，你行吗？”有时还搞串联：“今儿看灯戏时咱们前街上的齐心一点儿，说什么也不能让后街上的小舅子们挤上来！”

姑娘媳妇们，穿红着绿，远远地站在凳子上消闲地吃着花生、瓜子，看戏倒在其次。孩子们则在大人的腿缝里挤来挤去，听着戏台上的锣鼓声，急得要命。于是会爬树的爬到了树上，不会爬树的也终于逼出了办法，一头钻进戏台底下，仰起脸从台板缝里往上瞧。虽然看见的仅是晃来晃去的身影，但总比什么都瞧不见要好得多。突然，一片漆黑，一只靴子正好踩在板缝上。真气人。随手捡根树枝捅这靴底。一来二去，却发现这也颇为好玩儿，互相效仿，大伙儿都“捅”起来。孩子们可能是重男轻女，也许是欺软怕硬，总是不大敢去捅花脸武生，专爱对付坤角，捅着一下，便觉着占了便宜。还要眯起眼从板缝里往上瞅，检验一下捅的效果。效果最好的，就是能招来上面的骂声，听着那气急了的腔调，真是其乐无穷。

孩子们对戏的评价与老太太们不一样。如果问老太太们戏好不好，她们会说：“可好哩！戏台上的小媳妇穿的都是绸的、缎的。”孩子们对这种“只重衣衫不重人”的评断是嗤之以鼻的。可是，小伙子一看到戏台上的小媳妇，眼睁得比枣还大，嘴张开得像傻了一样。我们也不以为然。这有什么好看的，忸忸怩怩、咿咿呀呀。而且，我们也实在捉摸不透，譬如，县官用木头一拍桌子，旁边走过两个人来，把跪着的小媳妇的手指掰开，夹上几根筷子，一夹，她就唱，一夹，就唱。

最使孩子们动心的莫过于花脸，总是怀着敬畏的心情看着他出来，看着他进去，再盼着他出来。要是戏里没有花脸，就像包子没有了馅儿一样，太没滋没味了。

听　书

说评书，一般是在市集上。架上小鼓，泡上壶茶，咚咚咚，于是说起来。每到“且听下回分解”，就拿起笸箩，书迷们也就一脸不情愿的样子，从衣兜里摸出铜板。这是地地道道的现钱交易。至于我们小孩子，不用担心，笸箩是从来不会伸到面前来的。

常来我们那里说书的是个干瘦老头儿，叫钱大喜。据说他家原是青堂瓦舍、骡马成群的财主，后来都让他吃喝抽赌败坏光了，于是操起了柳敬亭的行业。亏了家底罄尽，这一来反倒把他的才能给显露出来了。夜里看唱本，白天说，现趸现卖，边说边编，发挥得有鼻子有眼，活灵活现。只要听上几句，就给粘住。十大几里远，背着粮食来赶集卖粮的老汉，不去粮市，连人带口袋往说书场一蹲，一直到散集，再原封不动地把粮食背回家去。

说书场收了摊，我们还围着钱大喜不愿走开。他目不斜视地坐在凳子上，拿着两个亮白亮白的馒头，端着一碗带肉的杂烩菜，馋得我们直咽口水。我暗暗地发下誓愿，长大了坚决说书去。

秋后，地净场光，都清闲了，钱大喜精神抖擞起来，不只白天在集市上说，还开了夜场。

街心的斜坡上面，打我记事起就有着半截石碑和一个粪坑的空场上，一盏孤零零的玻璃风灯，挤挤压压的人影，偶尔这里或那里闪现着烟锅里的红火。天上的月光，白里透青，这哪里是光，简直是洒在身上的凉水。穿着夹袄打哆嗦，却不愿回家去添换衣服。尿憋得小肚子一鼓一鼓的，也不愿走开一步。只怕漏听几句。如果能有一个铜板买炒花生，就更带劲了，边听边吃，精神、物质两享受。为了省俭着吃，是连花生皮一起嚼的，也很香。

在“且听下回分解”之前，是钱大喜一人抑扬顿挫的声音；一到了“且听下回分解”，全场就开了锅，一片嗡嗡之声。钱大喜却端起茶碗，闭上眼，跷着二郎腿，养起精神来。敛钱的事，自有热心者代为张罗。

“要是胜三爷在这儿就好了。”开始了现场评论。

“孟金龙这下子够呛！”

“金头虎净出坏点子。”

“我看他还没有你坏哩！”

“你才坏哩，你就是金头虎。”

“你是金头虎的儿子！”

咚的一声鼓响，全场立即鸦雀无声了。钱大喜把鼓槌一横又一绕，恍惚间就是孟金龙的铁棍扫了出去。一面听，一面心中叨念：胜三爷快来吧！可是钱大喜偏偏和孟金龙过不去，就是不让胜三爷来，大伙的心一直给卡在嗓子眼上。

我那时，脑子里没有别的，不是胜三爷就是孟二爷，再不就是夏侯桑元、金针道长……整天梦想着陆地飞行蹿房越脊。听一个会拳脚的说，只要膝盖不打弯蹦上一尺高，就能蹿房越脊了。我拼命地练习着蹦，结果挨了大人们的训斥："你诈尸啦！"

十余年前，黄苗子先生给了我一张字条，是从鲁迅《西牖书钞》中抄的傅青主的听说书的信札，嘱我作画。我一看，立即勾起了童年听书的往事。且不管什么傅青主，按着自己的印象画了起来。张东莱在《〈傅青主听书图〉记》中说："他没有'照章宣本'地照着傅青主原信画插图，而是按照他小时候在农村惯见的几个老头儿听说书的场面画出的。"真给说对了。

出乎我的意料，文坛前辈，如聂绀弩、陈迩冬、舒芜、吴祖光、荒芜诸公，竟然在我这小说书场上唱和起来。"有的是旧事重提，略有抚摸伤痕之意；有的是面对现实，遥视未来；有的只是'朦胧诗'一类，既无寄托，亦无宗旨，只是兴到一挥。"（谷风《〈听书图〉后记》）

诗书画三绝的一代大家傅青主，喜欢听书。唱和的诸文坛前辈，当也喜欢听书。看来，不只是我这后生小子和那顾不上卖粮食的老汉了。

现在我虽然也年已花甲，但于此道仍情犹未舍。有一次回到家乡，还专程到那个地方重访旧迹。石碑、粪坑都没有了，只剩下了回忆。

注：傅山，字青主，是明清之际的大学者和重要思想家，精诗文，工书画，善金石，而且还是一位名医。

露水因缘

说来不怕笑话，直到我十岁那年，才开了眼，看了洋玩意儿——电影。

有一天晚饭后，街上像捅了马蜂窝。脚步杂沓，呼喊叫嚷。说是文庙前演电影哩。这稀罕怎能不看，立即飞奔而去。

老远就瞧见两根竖杆上挂着一块大幕布。那幕布一会儿亮，一会儿暗，一闪一闪像闪电。我跌跌撞撞挤到人堆里，定了定神，这才看清了上面是乱跑着的马蹄子。那马蹄子忽地一晃，成了满脸胡子的大脑袋。又一晃，成了没有胡子的小脑袋。刚一眨眼，倏地又成了一大群人，噼里啪啦放起枪来……

一道强光，亮得直耀眼，幕布全白了。人群像开了锅，嗡嗡嗡嗡。几个小孩儿猫着腰争相往那幕布底下跑去，说是捡子弹壳。

幕布又暗了，这回出来的是怪模怪样的猫和老鼠。明明是画儿，怎地也动起来了？又跑、又跳、又哭、又笑。身子还能伸能缩，一忽

钱运达（前排右）

而长了，一忽而短了……

第二天早晨上自习课。谁还有心思自习？

“咳呀，奶奶的，看得俺直眼晕！”

“俺倒不眼晕，像做梦。”

“忽闪忽闪，迷迷糊糊，真的像是做梦。”

“本是一块白布，忽地出来了活人，是怎地出来的？”

我觉着最令人咋舌的，是那猫那老鼠。明明是画的，怎地也活起来？真是神啦！

十年过去了，二十年过去了，再也没有料到，竟与这“真是神啦”的电影结下了一段露水因缘。

1961 年夏天，我在束鹿县（今辛集市）范家庄下放劳动。一天，正下着雨，我在推磨。走进一个人来，挎着背包，挽着裤腿，整个头脸罩着一个透明塑料袋，活像个“三 K 党”。

后来我们成了朋友。他就是上海美术电影制片厂的动画导演钱运达。那时刚从国外留学回来。初试锋芒，拍第一部片子找上了我这搭档。

在辛集镇招待所里住下。我画起人物造型。画了撕，撕了画。边画边觉着新奇。愈觉新奇，愈是认真。莫非我笔下的人物也和那猫那老鼠一样会动？我想象着我的庄稼老汉、店小二……在银幕上举手投足的情状，兴奋地暗自骂道：你这小子，不也“真是神啦”！这大概就是所谓的“搔到痒处”了。我抬头瞅了瞅钱运达，他正抽烟走神儿。还好，没有窥出我这“痒处”。

是后来从报上看到的，上海美术电影制片厂和社会上的美术作者挂钩，是“一种新的尝试”。他们不只拉来我这美术小兵，还有大师张光宇、华君武等。

我扳着手指数日子。秋去冬来，冬去春至，真真尝够了“度日如年”的滋味。好不容易终于等到报上登出了上映广告，却又是在北京西郊的一个放映厅。那也得去！二百里地的火车，再加上十几里地的公共汽车，瞧这劲头。

头回生，二回熟。熟了，也就不过如此了。上世纪 80 年代，再次和动画片结缘。可那银幕上晃动着的挑水和尚，再也挑不来我小时候的那个“真是神啦”。

一段露水因缘，使那“真是神啦”换来了个不再“真是神啦”。

《三个和尚》人物造型

《三个和尚》镜头

剪纸片《八百鞭子》人物造型

木偶片《石狮子》人物造型

《超级肥皂》《门铃》《济公传》等动画片人物造型草稿

《超级肥皂》《门铃》《济公传》等动画片人物造型草稿

父　亲

我怕我父亲，他真打。看着他瞪圆了的眼，一步一步走过来，还不敢躲。绷紧了肌肉等着，于是一巴掌扇了过来，又于是脑袋“嗡”的一声。

有时却又是另一个样子，比如去下地，他在前边头也不回地说：“唱一个我听听。”我在后边就仿着戏台上的花脸呜呜哇哇唱起来。他说：“瞎胡唱，别唱啦。”我说：“你唱一个。”他唱起来：“我不该，咳咳咳咳，老王爷，咳咳咳咳……”也是随唱随编，瞎胡唱，越唱越带劲。

我家有个大宜兴茶壶，下地回来，泡上壶茶，父亲喝高兴了，还逼着我们喝。说是“逼”，因为我们喜欢喝凉水，不喜欢喝茶。“过来，喝！多清香，又解暑。你喝不喝？想挨揍啊！”

我们俩常常一起去看庙。“看庙”二字，说句文词，是父亲“杜撰”的。看庙就是去看庙里的壁画。是让我开阔眼界，是培养我画画的一种方式，这很有点儿近似现下的参观美术展览馆或画廊，我父亲本是老农民，竟与文墨人想到了一起。

父亲

吃过早饭，父亲将粪筐往肩上一背，抄起粪叉说：“走，看庙去。”母亲说：“今儿不拉土啦？”父亲说：“回来再说。”我们就在这“回来再说”的空当儿里看了许多庙。庙有大有小，有远有近。近则三五里，远则十几里。一去一回就是大几十里。全堂邑县境里的庙我们几乎都看遍了。

父亲对庙里壁画还加以评论。他指着《八仙过海》的海水说：“你看这水，迂迂涟涟一动一晃的。”又用手摸着墙说：“这墙是平的，你再远看，不是坑坑洼洼地凸起来了？”父亲惊奇，我也惊奇。其实现在看来，稀松得很。无非是靠了反复重叠的弧形线条引起的错觉。父亲最佩服的是《八破图》，破扇子、破信封、破书本、破眼镜盒……他像在集市上买粮食时将粮食粒捻来捻去还嚼一嚼那样仔细，猫着腰将那画上的破信封的一角又摸又抠，远瞧瞧、近瞅瞅，长叹一口气说：“像真给烧焦了的一样。”他一指点，我也惊叹起来。最后，总是照例的一句话："使劲儿看，好好记住。"

我十二岁那年考上初中，学校在聊城，离家三十多里，过了正月十五，要开学了。吃过早饭上路，父亲背上粪筐跟我走了出来，虽没说话，我知道他是送我。一直走出二十里开外看见聊城古楼了，他说："快到了，你走吧。"这时四旷无人，唯有寒风积雪，一抹虚白的阳光和远处村落里的几声鸡啼，望着逐渐远去的背着粪筐的父亲的身影，我只想返身向他追去。

再以后，我参加了工作，按家乡人的看法，凡是吃公家饭的就是"干部"。我很少回家了，一晃就是十几年。大约在 1960 年，父亲到天津看我来了。我说："今儿咱们上街吃一顿狗不理包子，再领你看美术展览。"他问什么是美术展览？我觉着一两句话也说不清，就提起以前的事："我小时候你不是常领我去看庙吗，和看庙差不多。"

刚走过劝业场，我一回身，见他正弯着腰从地上捡烟头。我嚷了一声："扔了！你也不嫌脏。"他赶紧扔了烟头，眼神里带有惶惑和惧意。这眼神使我凄然，是什么使父亲对我有了惧意？我反而愿意再看到小时候父亲扇我巴掌时那瞪圆了的眼了。

捡 粪

到现在我还常常想起小时候捡粪的情景。我有个伙伴叫二狗。每当背上粪筐，抄起粪叉，总要拐到二狗家门口，“二狗，走！”于是二狗也背上粪筐，抄起粪叉，有时嘴里还嚼着什么，“走！”

我们的粪叉不光用来捡粪，还可当拐棍拄，可以斗狗，可以挖田鼠洞……我们俩谁也离不了谁，彼此发誓，要在一起捡一辈子粪。可是，如果二狗先瞧见了粪，捡了去，我又不免懊恼地想，没有他多好，这粪不就归我了。

有时光顾了挖田鼠洞，忘了捡粪，天晌午了，筐里还空空的，这注定了是要挨骂的。怕人看见，一路上总是躲着人走。进了家门，飞跑到粪坑边上，假装着往里边倒的样子，直到这时才能出一口长气，算是交代过去了。

如果能捡得一满筐粪，一进街口，总会听到几句赞声：

“瞧人家这孩子，捡了这么大筐粪！”

“咱的孩子两个也比不了人家一个！”

我们脸上流着汗，眼里辣乎乎的，顾不上擦，也不愿擦，弯着腰，低着头，吃力地背着粪筐，似乎什么都没听见。有时还要绕远路，多走几条胡同，为了赞声，沉重的粪筐算什么！到了家里，故意将粪筐放在显眼的地方，有时还要高叫一声：“娘，快来帮我把粪倒了！”

遇上大车队，可就是一场拼命了，所有捡粪的孩子都拥了上来，你争我夺，吵吵嚷嚷，开始是用粪叉抢着装，接着又用粪叉往自己跟前搂，先霸占住，然后再往筐里装。更有机灵的，一见牛尾巴撅起来，立即举起粪筐向牛屁股凑去，大家照样仿效，往往一个牛屁股底下挤着三四个粪筐。有一次碰上了一个“蹿稀”的牛，粪像稀汤一样散射出来，大伙儿笑着骂着四散躲开，抹抹脸，吐口唾沫，又急忙跑向另一个牛屁股底下去。

冬天的野地里比家里还暖和，犁过的地是松软的，太阳光像针一样刺得脸上发痒，一躺下舒坦得直想困。躺够了，又一起比着翻跟头，捡粪的事早丢在脑后了。如果碰上邻村捡粪的小孩儿，二狗会首先叫起阵来：“敢过来吗？”“怎么不敢！”“来，瞧胜三爷的飞镖！”一块土坷垃飞了过去，接着，又一块土坷垃飞了过来。飞来飞去，手不赶劲了，粪叉成了最得力的武器，互相掘起土对着撒起来。进进退退，大呼小叫，直到都出了一身大汗，成了“土地爷”，精力发泄够了，也就心满意足地收场了。

二狗，现下也已六十多岁，我去年回家时还看到过他，他正在门口蹲着，我开玩笑地喊了声：“走，捡粪去。”他茫然地瞧着我，看来，他完全忘记了。

报 复

我那时虽是孩子，画瘾却远比现在大。瘾头一上来，就像给蛋憋急了的鸡，不管什么墙墙角角都能凑合一样，我跑到场院里，捡块带尖角的碎碗片，连跪带爬地画开来。

正在家里吃着饭，忽听街上有人嚷：“是谁这么捣蛋，把场院给划拉得稀糊烂，怎么再打场？”我的心“嗵”地跳了一下，坏了，闯祸了。

我想，往墙上画碍不着打场了吧。仍是用碎碗片，仰着脖子踮起脚画起来。这一回给西街上的拾粪老头儿瞧见了。他训开了：“你这是吃饱了撑的怎么的？好好的墙惹你了？”我说：“这是俺东街上的墙，你管得着吗？”他说：“你看我管得着管不着！”说着说着，那手伸向了粪叉把，我赶紧跑开了。

终于找到了一个谁也碍不着谁也管不着的地方，像场院和墙一样的光溜，却比场院和墙大得多，这就是直通聊城的官道。每逢看庄稼的时候，除了躺在官道旁的树荫里看蚂蚁上树，就是跪趴在官道中间攥着瓦片甩开膀子大画特画。有一次，二狗激我：“你能从这儿一直画到道口铺吗？”看当时那架势，远比时下画百米长卷的还要气派。

一天，我们几个拾粪的小孩儿在官道上碰到一起，先是玩玩闹闹，继而比赛开了画画。有的用瓦片，有的用粪叉，各自霸住一块地盘，发一声喊，舞动起来。

不知烧的哪炷高香，特别来了灵气，我画了个黄天霸，手中抡着大刀，腰里别着手枪。尤其这手枪，简直是神来之笔。有了它，黄天霸岂不是更天下无敌了！我不由得大声啧啧赞叹，别的伙伴闻声也围拢来啧啧赞叹。

远远走来一个挎篮子的老大娘，我们像哨兵一样围起了黄天霸，大声嚷：“绕开走，绕开走。”那老大娘惶惶惑惑地绕了过去。大伙儿复转身继续赞赏，我却焦急，恨不得立时让全东街上的小孩儿都看到。

突然，背后大喝一声：“闪开！”回头一看，是二狗的爹赶着拉粪的驴车冲了过来。说时迟，那时快，一只驴蹄子“扑哧”踩到了黄天霸的脸上，又“哐当”一声，那车轮将黄天霸齐腰给轧断了，手枪也没了踪影。我望着远去了的大车，眼泪倏地涌到了眼角，却又踅了回来，且岔了道，冲得鼻子一阵酸楚。

当只剩下小李五一个人的时候，他悄悄说：“我帮你出气去。”

我问怎么出法，他说：“拔他家的麦苗去。”一句话提醒了我，立马跑到二狗家地里。拔起一撮麦苗，就恨恨地说上一句：“再叫你轧我的黄天霸。”

拔了几撮，胆怵了，我们赶快溜出了麦地，却又互不放心起来。

“你可别卖了我！”

“你可别卖了我！”

“你看我是那卖国奸臣么？”

“你看我是那卖国奸臣么？”

祖母的钱

小时候总是和祖母一起去地里看庄稼，我喜欢躺在官道旁的树荫里看蚂蚁上树，再不就唱一通“一马离了西凉界”。看腻烦了，唱腻烦了，就跑到地里找祖母去。祖母喜欢捡绿豆粒，这是豆荚被太阳晒得爆裂在地上的。顶着草帽，在毒日头底下，跪呀爬的，像鸡啄米一样一粒一粒地捡。我看着实在不耐烦了，就说：“你往豆棵上捋几把不就有了？”祖母说：“滚你的！”傍晚回家时，她的衣袋总是鼓鼓囊囊的。

父亲赶集卖粮，正往小车子上装粮食的时候，祖母也提出一个口袋子说：“捎带着把我的这点儿绿豆也给卖了。”我知道祖母卖绿豆有钱了，便向她要。她说：“跟你娘要去！”母亲背后数落我说：“谁叫你没脸没皮的，她的钱才不给你哩，她留着给她外孙哩。”

每逢我挨了母亲的骂，这时祖母就对我特别同情起来，说这说那。有时姑母在一旁也加上一两句：“你娘疼你妹妹，才不疼你哩！”我觉得这是要钱的好机会了，刚一张口，祖母立即说：“一天三顿饭吃得饱饱的，要钱干什么！”

冬天，我和祖母睡在北屋。天冷，老早地我就被大人们给赶到被窝里。祖母总是坐在炕上纺线，嗡嗡嗡嗡，终于我在嗡嗡声中睡着了。半夜醒来，仍是嗡嗡嗡嗡，她的影子在墙上一晃一晃的。

有一次，我听到母亲和东邻家二婶在说话。

东邻家二婶说："他奶奶身子骨挺壮实，没病没灾的。"

母亲说："壮实。家里什么事也用不着操心，就是纺线赚个零花钱。"

"一冬天纺的线赚不少钱哩，也给家里个不？"

"她？"

我明白了，祖母不但有卖绿豆的钱，还有纺线赚的钱。她这些钱都放在哪儿了？我趁她不在屋里时，到处乱翻。食盒里、瓦罐里、炕席底下，哪儿都没有。我动心机，说："奶奶，你拿钱给我，我替你买好吃的去。"祖母说："乱花钱干什么，这钱来得容易呀？是我用手指头捻来的。"

她的钱到底有多少？在哪儿？是不是给了外孙？这个谜好多年以后才解开。这已是日本鬼子投降以后了，这时祖母也已老得糊涂了。姑母替她拆洗多年的旧褥子，突然跑到我母亲跟前说："嫂子，嫂子，你快来看看吧。"母亲跑过去了，我也跑过去了。一看，在破棉絮夹缝里，塞着满满的花花绿绿的"准备票"（汉奸钞票）。当然，早已都是无用的废纸了。

半分利

据说，他说过：“我卖绿豆丸子，图的是赚一肚子油水，不图赚钱，只求半分利。”这话不知是真，还是蒙人，可“半分利”这名字却给叫起来了。

按乡亲讲，“半分利”是大人，是叔辈。我俩蛮投脾气，说句文雅词，是“忘年交”。我那把鱼鳞紫金刀就是他削的，把儿有点儿歪，他说是歪把儿金刀。他会用秫秸扎各式各样的蝈蝈笼子。街上人都说他懒，可他说：“二狗，你爹勤快，拿着黑夜当白天，可还得啃窝窝头。”

他喂着一只大芦花公鸡。春天里卖小鸡的来了，他与别人相反，专挑小公鸡买。耪地的时候，一边耪一边捉蚂蚱。耪着耪着，把锄一扔，猛地朝地上扑去。这时二婶就骂起来：“我的祖宗，公鸡是你亲爹？这么孝顺它。”

他说：“别人养鸡是为的卖鸡蛋；我养鸡是为的斗鸡，各有所图。”

一到冬闲了，他抱着鸡到处去斗。斗赢了，他说："打遍天下无敌手。"斗败了，他说："关老爷不也有走麦城的时候。"

每逢集市，他就卖煮绿豆丸子。因陋就简，码几摞砖架上门板算是桌子，摆几根檩条算是座位。煮上满满一锅丸子，还有葱花、辣椒、酱油、醋……二婶子围着锅转，他来来往往端着碗围着人转。尽管忙，却能忙里偷闲，冷不丁也给自己盛一碗。旁人笑，他也笑，还说："伺候月子的还断不了闹碗糖水喝哩！"

腊月二十九，眼看到年下了，我找"半分利"去砍柏树枝。二婶子往后院努了努嘴，我奔向后院。后院是个荒园子。"半分利"正靠着枣树晒着太阳挖萝卜灯。我凑过去看他挖灯。忽然听二婶在前院说："二爷，屋里坐。"只这一句话，"半分利"挺身一跳，一个箭步钻进茅厕里去了。我又听二婶说："他上府里还没回来哩。"李二爷嘟囔了几声，再后是关上大门的声音。"半分利"从茅厕里探出头问："走啦？"我说："走啦。"

大年初一，天还漆黑，就听到了墙外咕咚咕咚的脚步声，是有人拜年了。接着三个一伙五个一群，出了这家，又进那家。"半分利"说："这是吃饺子撑的。"忽然，碰上了前街的李二爷，"半分利"赶紧迎上去，两手一拱："发财，发财。"李二爷笑骂说："'半分利'，好小子，你跟二爷藏迷糊。"

一到正月十五，城关四乡像开了锅，到处都是咚锵咚锵的锣鼓声。现下叫群众文艺活动，那时叫"玩意儿"。我们街上也有一帮玩意儿，是“花盆灯”外搭上“抬杠官”。只要“杠官”露面，人们的精气神就来了。这“杠官”，就是“半分利”。长袍马褂、缨帽官靴、假鼻子、假胡子。戴着没有镜片的眼镜框，还有红枣穿成的朝珠……两人抬着一根杠子，他两腿一夹骑在杠子上纹丝不动。这“杠官”在三里五乡是独一份。他坐在场子中间，大模大样，撇腔拿调说：“我这县官什么都不认，光认得银圆票，有钱的快来打官司哟！”李二爷在人群里插了嘴：“滚你娘的，我的账还没还哩。还当县官哩。”“哄”地爆出了一片笑声。

他被人前呼后拥，神采焕发之极。我直想凑上去和他说几句话套套近乎，可是挤不上去，也许他这时根本就忘了我，眼角连瞅都不瞅，大概正如人们说的“一阔脸就变”了。

二婶丝毫不为所动，照样吆喝：“挑水去！缸底朝天啦，你还有别的能耐没有？就会冒傻气。”她竟把当“县官”说成是“冒傻气”。“半分利”说：“你懂什么，这叫‘玩意儿’。”二婶说：“你吃‘玩意儿’去，别回家来吃饭了。”我听了，既为“半分利”抱不平，却又觉着解气。

我家灶屋里贴着一张木版年画，早给烟熏火燎得没了颜色。画上画着一个人藏在缸里，用手掀起缸盖，露出半个脸，正在偷笑。屋子中间站着一个女人，还有一个背着褡裢夹着算盘正在跨出门外的人的背影。这画我本是天天看来看去的，可自从“半分利”钻进茅厕那天起，忽然觉着躲在缸里的画中人就像“半分利”。我指着画问像不像

他，他瞅了瞅，光是嘻嘻。

我画了大半辈子画，也看了大半辈子画，可独独忘不了这张画。按说不是荒唐么，躲债竟躲得像捉迷藏一样有趣，而那债主却成了逗人开心的傻瓜。本是愁苦事，却成了轻松嬉笑的闹剧。“半分利”的行径又证实了这并非仅是杜撰。这里显出一股精神劲，这精神劲是嘻嘻哈哈百不在乎，是玩世不恭地对现实的反抗与嘲弄。这精神劲反映到民间艺术中，就凝结成民间艺术的一种独有的幽默感。

平心而论，提到画画，“半分利”还应算我的启蒙老师之一。有一天，他说：“你会画关爷、财神，会画玩牌（赌博）的不？”我说：“画你们玩牌的有啥难的。”我画了四个人围着桌子坐着，手里各自拿着纸牌。他看了看说：“看我的。”拿起笔，一会儿画完了。是连续的三幅：头一幅是几个人一齐在撒尿；第二幅是一座房子，窗户里有几个挤聚着的人影；第三幅仍是几个人一齐在撒尿。我看不懂，问是怎么回事？他说：“你没玩过牌，你不知道，玩牌以前一定得先撒尿，一玩起来谁还有那工夫？散了局，又得撒尿，你想想，憋了一整夜能不尿？”经他一说，我恍然大悟，原来他画的竟是最要劲的一点——玩牌人的那个“瘾”字。是他启发了我，一个绘画中至关重要的问题：如何传神。

夜　路

冬闲了，庄稼人也想干点儿营生赚个零花钱。二狗的爹到我家来了，又走了；走了，又来了。我终于知道了。告诉二狗说：“你爹和我家合伙往临清贩卖麦子去，你知道不？”

我家的牛驾辕，他家的驴拉套，装了满满一车麦子。临走前，父亲说：“你也跟着上临清玩儿一趟去。”当然，这是求之不得的事。

二狗的爹，是耩地好手。一到中秋节过后，就成了红人。挨家挨户请他扶耧耩麦子。吃饭时有炒鸡蛋，还专门给他打来酒。大人们说：“人家吃鸡蛋、喝酒，应该。看人家耩的麦子多匀多直，像尺子量了似的。”

有一天，他蹲在家门口吃饭，忽然站起来走出街口。一边喝着粥，一边在地头上踅来踅去，一会儿又蹲下，平举起筷子，眯起眼像在瞄准。我看着看着笑起来，他回头望了一眼，大喝一声：“滚！”等他走后，赶快跑到他原先蹲着的地方，瞅了半天，除了满地刚出土的麦苗，什么都没有。我纳闷，他到底瞧见什么了？

那时候，没有胶皮轱辘车，只有镶着铁瓦的木轮大车。正像俗话说的“老牛破车”。加上路不平，走起来左摇右摆、叽里咣当，倒应了现下的新词：跳摇摆舞。日落前动身，到月亮老高，才摇摆了十里地。

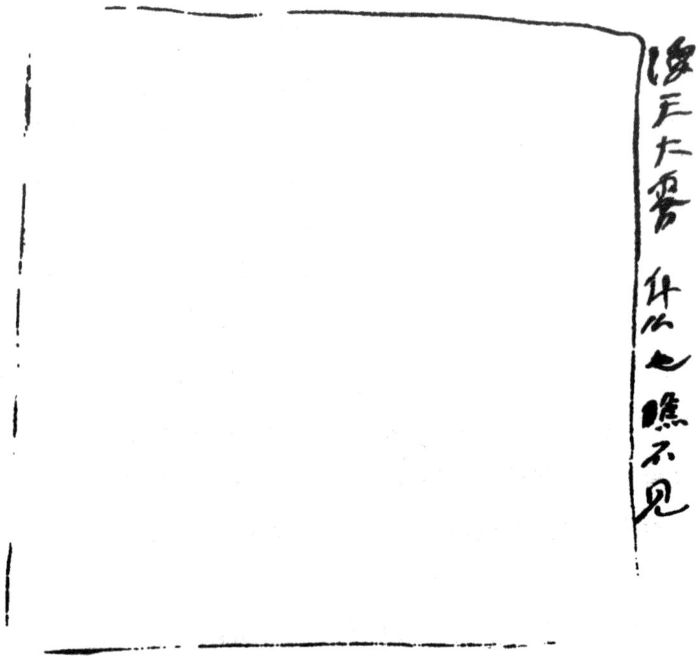

二狗的爹说："你想跟我们一直走到天亮呀。"父亲说："上车去。"我爬上了大车。

这在装车时就考虑好了的，将麦子口袋装成四周高中间凹，便于躺卧。庄稼人图舒坦，有的是土办法。比如把两个被里缝成袋子，装满铡碎的麦秸，既是喂养牲口的饲料，又可充当褥子，却远比褥子松软得多。我裹上棉被躺在这"褥子"上。二狗的爹问："冷不？"我说："还热哩。"他说："别他娘的吹了。"

大车在晃，我在晃，天上冷白冷白的月亮也在晃。我没有"吹"，被窝里的确暖和。只是脸冻得木麻麻的。

夜愈深愈静。二狗的爹夹着鞭杆，父亲叼着烟袋，都紧紧地缩着脖子，走一会儿就小跑着跺一阵子脚。忽然远处出现了个人影，我不无紧张地说："瞧，有人跟着咱们哩！"父亲说："是跟车拾粪的，嚷什么！"

二狗的爹对我父亲说："你听这车辙，又上冻了。"我也细听了听，果然在咣当咣当声里又添杂了细脆的碎裂声。

我被叫醒了，麦子口袋上、棉被上尽是白霜。四周黑黢黢的是歪歪斜斜的破墙。不远处的房子里有灯光，还有人影晃来晃去，有锅勺相碰的声音。牛驴已卸下来在吃草料。二狗的爹正和父亲商量：是吃包伙还是论碗买。我问这是到哪里了，父亲说："堠堌。"

大碗的热腾腾的烩饼，还有大葱，现在想起来还觉着口有余香。

吃罢饭，套上车。父亲说："快撒尿去，上车。"二狗的爹一扬鞭子，咣当一声，大车晃动起来。

出了堠堌街，下起了漫天大雾，先前那个跟车拾粪的已不知去向，这时又换了一个打着灯笼的。每当他走近了的时候，身影就小了，离得稍远时，那身影就大起来。

天地茫茫，一片混沌。凭了狗叫声，才知是走近了村子。村子倏地显现在眼前，没走几步，又倏地隐没了，剩下的只是狗叫声。

在此起彼伏的狗叫声中，过了一个村子又一个村子，终于到了临清。

是回来好几天以后了。吃饭时，提起合伙去临清贩卖粮食的事。父亲对母亲说："二狗他爹当我没瞧见哩，偷着挖一瓢豆料喂他的驴。"

醉　鬼

一个卖豆腐的木偶，挑着担子一蹿一蹿地出来了。

旁白："豆腐多少钱一斤？"

木偶："叽啾叽啾。"

旁白："哦，两角五，这么贵啊。"

木偶："叽啾叽啾。"

旁白："哦，是因豆子贵了。"

木偶："叽啾叽啾，叽啾叽啾。"

旁白："哦，你不卖豆腐了，要喝酒去。"

木偶在戏台上转了一圈，大概是到了酒铺门口。抱起扁担冲着酒铺的门板敲起来，"当当当当。"

从后台又出来一个木偶，一蹿一蹿地抱着酒坛子，往台口一蹾，又缩回了后台。

卖豆腐的木偶捧起酒坛子，"咕嘟嘟，咕嘟嘟"，又一仰脖子，

“咕——嘟”，喝光了。

“叽啾叽啾”，意思是还要喝。

这一回不再用扁担，干脆用脑袋敲起酒铺门板，“当当当当！”

每逢看到这儿，我们无不捧腹，看一次，笑一次，流着眼泪笑。

戏台上的醉汉本是不少，《醉打山门》的鲁智深、《快活林》的武松、《下书》的刘唐、《安天会》的孙大圣、《醉皂》的衙役，还有醉娘娘杨玉环……可谓是千姿百态。台下芸芸众生的醉汉更是争奇

斗胜，痛哭的、傻笑的、手舞足蹈的、使酒骂座的……可是能够将人逗得笑破肚皮的莫过于这木偶了。却又简洁干脆，只是两次敲门（前一次用扁担，后一次用脑袋）就把从不醉到醉给活现出来，而且醉得竟连扁担和脑袋都分不清了。

像这如此大胆夸张的艺术创造，这精彩的绝活儿，应说是沙里淘出的金子。然而：

那木偶忽然一动不动了，布障子一掀，要木偶的从里边钻了出来，手捧铜锣，打躬作揖："给个饼子、窝头吧。"

小孩子猛然惊寤，四散躲开。

"你往家里拿个窝头去！"

"你怎么不去，你家还离得近哩。"

"上回就是俺拿的，× 你娘的，你尽白看了。"

七嘴八舌，推三阻四，终于还是拿来了窝头。

这木偶戏，就值个窝头。

猴抢草帽

年下，熏黑了的墙壁贴上鲜亮耀眼的木版年画，真是“蓬荜生辉”。我枕头旁边就贴着一张《猴抢草帽》。

画上的猴子，有红色的、有绿色的、有黄色的、有蓝色的，也有紫色的。一个老汉推着车子卖草帽，猴子抢草帽。有的正往车子上爬，有的抱着草帽跑，有的递，有的接，有的上了树，又蹦又跳又闹。按理说，老汉该发火了，该抡起车襻抽赶这群猴子了。可是不，他仅是用手捂着草帽，傻瞧着这群猴子，下一步怎么办？不知道。但就面孔看，这老汉可能从小就不会“疾言厉色”，此时心里虽着急生气，可脸上肌肉不听使唤，反成了笑的模样。也或许为这群有趣的猴子所吸引，忘记了自己是被抢者。

瞅着这些猴子，我常常想象着它们从画上蹦下来了，蹦到炕上，蹦到枕旁，蹦到地上，蹦到院子里。我多么希望它们也来抢夺我的东西。

想象来想象去，心慕手追，我仿照着它们画起来。不只抢草帽，

民间年画

还让它们端着碗喝粥，捧着书本念书，拿着刀枪对打……我画得津津有味。大人们却说了："你怎么照着这画上的画？你看那街上耍猴的真猴子，比比看，差远了。"要我照着真猴子画。可我觉着真猴子少着点儿什么，这画上的猴子却多着点儿什么。多着什么呢？

后来读鲁迅的书，《狗、猫、鼠》一文中这样写道："我的床前就贴着两张花纸，一是'八戒招赘'，满纸长嘴大耳，我以为不甚雅观；别的一张'老鼠成亲'却可爱，自新郎、新妇以至傧相、宾客、执事，没有一个不是尖腮细腿，像煞读书人的"，"但那时的想看'老鼠成亲'的仪式，却极其神往"，"正月十四的夜，是我不肯轻易便睡，等候它们的仪仗从床下出来的夜"。

原来鲁迅先生也被这类年画吸引过，而且"极其神往"。却也透露出了一个道理，那"老鼠成亲"所以"可爱"，是因为"没有一个不是尖腮细腿，像煞读书人的"。

这一指点，我也解悟了。看那抢草帽的猴子，那稚气、那淘气，岂不有些像孩子？原来画上的猴子比真的猴子多着的那一点，是孩子气。

从而也解悟了，那被大人说成是"差远了"的不是如实描绘的"似与不似"，不正是为了少些猴的动物气，多些孩子气，使得更可爱更逗人看！

不得其法之法

郭庄偏东头，有个小药铺，村里人常来这里闲坐说话。有一天去药铺里找外祖父，他正和人商量事情，我在等候时不免东瞅西望。看见朝里的墙上贴着一张关爷像。周仓持刀，关平捧印，关爷读《春秋》。本来家家都供奉关爷像，可那是木版印的。看惯了，也看腻了。而这张关爷像，一看给愣住了。面目像活的一样，胡须似乎正在微微飘动，金铠甲上的花纹像凸了出来。

是后来知道的，那是一张上海的月份牌画。打那以后，有事没事总往药铺里溜，瞅那关老爷去。

瞅来瞅去，瞅得手痒起来。于是先在家中把纸在桌子上铺好，调了洋红、洋绿、洋黄，研好墨。然后就撒开腿往药铺跑去。对着那画，像对着书本念书：帽子是什么样，面目是什么样，铠甲是什么样，手是怎样捋胡须，怎样拿书本……狠劲地瞅，狠劲地记。趁着记忆的热乎劲，扭头再往家跑，把那印象描下来。就这样一趟一趟连颠带跑地边记边画。西院的二妗子惊讶地问："这孩子跑来跑去干什么哩？"四姨郑重其事地说："是画画哩。"

现在看来，简直是傻子一个。怎么不拿上纸笔去那药铺里照着画去？可那时就是思不及此。

其实，这笨办法并不是自这次开始。我曾无数次地跟着父亲到远远近近的各个庙里去看壁画，每次他总是一再告诫："使劲看，好好记住，回家画去。"这应该说是"家传"。

人身体的任何部位都有潜力，练啥有啥。多年之后，在绘画创作中，当年学画的笨办法也派上了用场。比如，对形象记忆的敏感，与之就大有关系。我给这笨办法取了个名字，叫"不得其法之法"。

也是创作实践中的体会，这默记画法有长处也有短处。长处是能表达出感受最深的一点；短处是有失于对物象的准确描摹。

总是有法逗人笑

是说的猪八戒。有书本上的、有木偶的、有戏曲里的。八仙过海，各显其能。都能把人笑破肚皮。

《西游记》书本里写他攒私房钱，将银子藏在耳朵眼里。只这一句话就让人笑。是笑他呆？是笑他鬼精？还是笑他虽当了和尚比俗人还贪财？笑了，却说不清到底是笑他的什么。也的确想得够绝，比保险柜还保险。笑他，却又忘了人们自己：把银子打制成耳环挂在耳朵眼外面。同是银子，同是耳朵眼，只是一里一外，难道不是半斤八两？难道不是五十步笑百步？

在盘丝洞，几个女妖精在洗澡，猪八戒“扑通”一声跳进河里。再也想不到，变了个滑溜溜的鲇鱼，只在那女妖精的腿裆里乱钻。你说这猪八戒是呆？还是鬼精？哪儿不好钻，却偏偏往腿裆里钻，这不是呆？然而，那又正是要害之处，出其不意，攻其要害，这岂不又是鬼精？正是这又呆又鬼精，呆得匪夷所思，鬼精得匪夷所思，不笑，谁能忍得住？

看那木偶猪八戒。靠山吃山，靠水吃水。却就“木偶”二字做起文章来：是“背媳妇”。猪八戒背着媳妇一蹿一蹿地转了一圈又一圈。想和媳妇骚情了，晃着耳朵往右扭头，媳妇害羞怕瞧，急忙往左躲闪；猪八戒往左扭头，媳妇往右躲闪，一个扭来扭去，一个躲来躲去，再也是瞧不着。人们正笑他这猴急劲儿的时候，谁也没有料到，猪八戒的脑袋猛地像陀螺一样滴溜溜地转起圈来，媳妇再也无法躲了。猪八

戒居然想出了这么一招儿，这一招儿说呆真呆，说鬼精也真鬼精。看他为了急着想瞧媳妇，竟豁出自己的脖子，硬是扭折骨头使它旋转起来，能不谓之呆？可是他又悟出了“木偶”的脖子原是可以任意转动的，机灵地借了“木偶”的这种方便达到了目的。这能不谓之鬼精？能不谓之聪明？这是大聪明、大智慧，是大智若愚。看着他这滴溜溜旋转的脖子，不笑，谁能忍得住？

再看戏曲《盘丝洞》里的猪八戒。戏台上没了河水，不能再变鲇鱼。纵使能变鲇鱼，女妖精也不能脱得精光，他又往何处钻？那“脖子”已是真的脖子，也不能随意滴溜溜地转了，这下子应是没招了。可是不然，看那猪八戒抡起耙子要打女妖精了。女妖精叉腰挺胸撒起娇来：“给你打，给你打。”面对那姣好的小媳妇，猪八戒馋皮涎脸地说：“我舍不得！”说着说着，那柄高举着的本是挺直的铁耙，倏地像给抽了筋，弯曲软瘫下来。这铁耙与他真是志同道合，像肚子里的蛔虫一样会捉摸他的心思。看着这弯曲软瘫了的耙子，谁能忍住不笑？却又不知是该笑猪八戒，还是该笑那善解人意的耙子。

依照不同的艺术特点，因地制宜，随机应变，别出心裁地逗人发笑。使人看了笑，过后想来笑。我现在边忆，边写，边笑。

《信马由缰》写过小时候所看过的木偶戏《醉鬼》《猪八戒背媳妇》。后来得知是“吴桥木偶”。吴桥处于河北省南部，与山东省接壤。以往是个穷地方，打的粮食不够吃，一到秋后冬闲，庄户人只能另谋生路，木偶戏就成了副业营生，说白了就是变相的乞讨。一来二去，结帮拉伙，成了阵势，也就有了名头，成为“吴桥木偶”了。

论起吴桥木偶最突出的特点，就其造型与表演操作来看，四个字：土得掉渣。换言之，傻呆得彻底而又精明得出奇，是智慧与笨拙的合二而一。

可是因了种种原因，“广陵散绝久矣”。

这是吴桥木偶的照片，摘自《乡土艺术》一书。那老猪依稀仍似当年之状貌。

吉

斗　鸡

每当“半分利”抱着芦花公鸡在家门口一出现，立即拥上去一群孩子。

“叔，今儿往哪里斗去？”

“叔，咱们今儿往西街吧，郭四家有一只大红公鸡。”

“叔，不去西街，北关里振海家的公鸡可牛气哩，杀杀它的威风去。”

“叔，我敢说咱这芦花鸡是天下独一份！”

虽然叔啊叔的叫得肉麻，“半分利”对这些奉承却不理不睬。将烟头一吐：“去，去，嚷什么！”于是大摇大摆地走在前面，孩子们精神抖擞地跟在后面，浩浩荡荡，壮观至极。

成年人也被这尚武好勇逗起了劲，嬉笑着说：“我也瞧瞧这 × 鸡的本事去。”两手一背，也加入了行列。

斗鸡，不只庄稼人喜爱，文墨人也喜爱。明代的散文家张岱就喜斗鸡，并写过一篇短文。且抄来一看：

> 天启壬戌间，好斗鸡，设斗鸡社于龙山下。仿王勃《斗鸡檄》，檄同社。仲叔秦一生日携古董、书画、文锦、川扇等物与余博，余鸡屡胜之。仲叔忿懑，金其距，介其羽，凡足以助其膈膊䎀咮者，无遗策。又不胜。人有言徐州武阳侯樊哙子孙，斗鸡雄天下，长颈乌喙，能于高桌上啄粟。仲叔心动，密遣使访之，又不得，益忿懑。一日，余阅稗史，有言唐玄宗以酉年酉月生，好斗鸡而亡其国。余亦酉年酉月生，遂止。

张宗子为一代散文大家，其文有的堪与袁中郎媲美。可这篇《斗鸡社》却引不起我的兴致来。因为他只着眼于“赌”，而无暇旁及于“斗”。说唐玄宗好斗鸡而亡其国，开脱了杨贵妃，另倡一说，倒也别具只眼。

闲话休提，再说斗鸡。

斗鸡一开始，就令人忍俊不禁。两个人各捧一只公鸡，晃动胳臂，将两个鸡嘴一撞一撞地像是亲吻的样子。吻过几次之后，将鸡掷到地上，两鸡立即斗将起来。我笑这鸡竟这么易被挑唆，傻得可以。

先是两鸡各自伸长脖子，一动不动地死死盯着对方，很有点儿“盘马弯弓”的劲头。突然，挺立身躯，两爪直前，如弹丸一般射出。“噗”的一声撞在一起。这大概就是人们所说的一个“回合”。接着，仍是挺身伸爪，又是“噗”的一声撞在一起。撞过几次之后，乘虚而入，直取要害，于是连飞加跳扑扑扇扇拧缠成一团，这应说是酣战了。直至冠子流了血，鸡一见血，更是杀性大起，更是分外眼红，大有“灭此朝食”之概，这又是名副其实的血战了。

终有收场的时候。这时的鸡，虽仍余勇可贾，傲气犹存，却也露出了泄气的势头。或不时将头转向别处，或装着在地上啄食，以求不失体面地退出战斗。这很有点儿像阿 Q 和小 D 在钱府照壁前互揪了一阵辫子之后，同时直起，同时退开，“记着罢，妈妈的”“妈妈的，记着罢”一样。

使我纳闷的是，公鸡一斗起来，为什么脖子上的颈毛张开得像一把伞？我问旁边的大人，大人说：扯淡！

多年之后，在绘画创作上经常碰到一些躲不开的问题。比如夸张和变形。何必一定要夸张、变形？在这个问题上转来转去，转到了童年斗鸡场上。这斗鸡使我悟出了点儿道理，曾得出过如下的认识：

正在争斗着的鸡，是否也有像人一样的思维，不得而知。依照达尔文的关于人和动物的表情原理（有用的联合性习惯原理、对立原理、神经系统的直接作用原理）来看，出之某种欲望，就会诱发出一种动作，或谓之表情动作。鸡在相斗时将颈毛大大张开，就属于这类表情动作。在人们看来，这就意味着显示强而有力，用以威慑。这因了羽毛大张而改变了的颈的形态，不就是夸张、变形？由鸡及人，此理亦然。比如一个骄横的人在表示轻蔑对方时，往往将下巴高高仰起，使目光成为向下俯视。所以如此，是此时的骄横者视对方微如尘芥，而实际上却又并不因为有了此种心态而自己的身躯骤然高大。为了弥补生理之不足，为了满足心理之欲望，于是借助于变换姿态以改变视线角度，俨然乎居高而临下了；反之，一个逢迎者，则往往弓腰低头，使目光成为仰视之状，由于视线角度的改变，似乎自己低矮了许多，这是自卑心情的使然。无论骄横者或是逢迎者的出之于情绪需要而改变了的异于常形的体态，不就是夸张、变形？就情绪之作用于“变形”，不亦普遍存在于一切生活现象之中？明乎此，不是有助于理解“艺术即夸张”之说？

常　倌

在市集中的杈把扫帚、锅碗瓢盆、针线鞋袜、瓜果梨桃的摊子中间，唯独他的摊子一派斯文气。小学生用的纸墨笔砚、《百家姓》《三字经》《大学》《中庸》《呼延庆打擂》《薛仁贵征东》《粉妆楼》《三门街》《五虎平南》《罗通扫北》…… 一句话：满汉全席。有时还在他身背后的墙上拉条绳，挂上两张他亲笔画的下山虎。现在我还记得他画上的题字：老虎下山，专吃坏人。

在我六七岁的时候，在常倌的书摊上看到一本薄薄的小唱本。我并不认得书上的字，只是那书皮上的画吸引了我。一个女鬼驾着一股旋风，吐出舌头。那样子说是可怕，倒不如说是滑稽可笑。尤有趣的是地上趴着一个戴乌纱帽的人，吓得要哭。我越看越觉得有意思，终于想买了。一问，要两个铜板。我说："就有一个铜板，行不？"常倌说："不行。"我实在舍不得，就蹲在那儿不走了。到了天晌午，常倌叹口气说："看你怪可怜的，就一个铜板卖给你吧。"后来常倌对人说："韩家的小孩儿这么小就知道买书念，别的孩子行吗？有个钱早买花生填嘴了。"其实我是冲着那女鬼的滑稽好玩儿才买的，这赞扬大出我之所料，按文词说，是"不虞之誉"了。

常倌长的样子，简洁地说，活像戏曲《群英会》里的蒋干。这"蒋干"戴着用绳子套在耳朵上的眼镜，在熙熙攘攘的庄稼人的人流中，在摊旁手捧书本（《小五义》之类），正襟危坐，文绉绉的像个圣人。

他卖书，也买书，对换也可以。在他那儿买是两角，再卖给他就是一角了。再有人买，仍是两角。为了这，常有人在他摊子旁吵吵嚷嚷。

"上集在你这儿买的是两角，怎么卖给你就成一角了？"

"我不记得，不是吧？"

"怎么你不记得？你不是还说过买来的本钱还一角五哩。"

常倌不再言语了，哗啦哗啦翻起书来。终于找出一页，瞅了一阵子说："贺式赖给他妹妹牵皮条，这一回最抓人，你看，摸的尽是脏手印子了，还给扯了个口子，再卖给谁去？”

“原先就有手印子。”

“没有。”

“有。”

“没有。”

…………

反过来，他买了再卖时，又有说头：“几个手印子碍了什么，能看清字就行呗。”

和他换书，书本是越换越薄。

我们的结论是：常倌的心真黑。

在与常倌钩心斗角的同时，渐渐地我们的肚子里也变成了他的书摊。国文、算术、常识、地理与《施公案》《彭公案》《大八义》《少英谱》搅混在了一起。

多年以后，和徐光耀聊天，谈起《小兵张嘎》。我说小兵咬人那一手真嘎，他说是从《三侠剑》里的金头虎贾明学来。金头虎我熟得很，不想小兵张嘎和他还有这么一段因缘。为此，我曾写过数行短文：

> 与光耀谈及小兵张嘎咬人事，不禁捧腹。光耀谓此招数系让小兵从金头虎贾明学来。金头虎贾明，《三侠剑》中之捣蛋鬼也。试问如若光耀不讲，有谁能从小兵想到金头虎？《随园诗话》有云：“永叔虽偷，恰不伤事主。”光耀可谓善“偷”者。

又思及《三侠剑》乃无聊之书，即如此书亦可从中觅得东西，要之，在于慧眼。“不从糟粕，安得精英？”信哉。

常倌画老虎，三里五乡有名，我曾看他画过老虎。先用木炭打好底稿，用墨笔描出眼睛、嘴、牙齿和爪子，然后就用刷子（将衣服刷子上的毛拔去大部，仅剩下一排）蘸上墨，在纸上刷开来。老虎的毛全是用刷子刷出来的。我回到家里也仿效着刷，可能是太容易，反而觉得索然无味了。刷了几张老虎也就没了兴趣。

后来我去了临清，参加了工作，一晃就是好几年。有一次回家，在南关外碰上了常倌，他正背着粪筐拾粪。我觉着有趣的是，先是我仰着脸瞧他，现在是他仰着脸瞧我。我问他还摆书摊不？他说不摆了，书给文化馆收走了。他往前凑了凑，小声问我：“听说咱们的武圣人（武圣人即武训，是指 1951 年对武训和《武训传》的批判）给打倒了，为的啥？”我说：“他是大地主，他剥削……”没等我说完，他急着插了嘴：“怎么，一个穷要饭的倒成了大地主了？”我觉着和他也理论不清（我自己都理论不清），紧走几步离开了。我回头看了看，他傻站着一动不动，仍在自言自语：“怎么倒成了大地主了？”

再次回家，常倌已不在世了。对“武圣人”，不知是糊涂着还是明白着进的棺材？

武训像

赵结巴

赵结巴住西街。提起西街赵家，三里五乡的人都知道是“好户”（富裕之家）。据说和我家沾点儿亲，可已经远得“八竿子也打不着”了。

他家的老人去世了，正在大办丧事。我放学回来。母亲说：“今儿西街上赵结巴来了，说是叫你去往棺材上画八仙人，可别去！要是给死人气熏着可了不得。”我听了直犯怵。

第二天上学刚出家门，老远瞧见赵结巴正走了来，我急忙钻进了小胡同。

母亲说：“今儿赵结巴又来了。”

父亲说：“能躲就躲，别跟他照面。”

第三天，我正在学校操场上玩儿得上劲，突然一只手拧住了我的耳朵，我仰脸上瞧，是赵结巴。他气急败坏地嚷道：“你比诸诸……诸葛亮还还还……还难请，我我我三三三……三顾茅庐……”硬是抓着我的胳膊把我拉回了家。

和赵结巴面对面，父母亲不好拒绝，你看我，我看你，不知说什么好。我说："我怕死人味。"赵结巴说："那那……那好办，棉棉……棉花套子蘸蘸……蘸上酒，塞上鼻鼻鼻子……"我像被抓住的囚犯，一路趔趔趄趄地跟他直奔西街。

一进门，他得意地大喊："这这这……这小 ×× 孩子真真……真难请，我我把他他抓抓……抓来了！"

院子里到处摆着蓝的、黑的幛子，纸扎的童男童女、大鬼二鬼、牛马轿车、金山银山……人来人往，呼喊吆喝。鼓声唢呐，此落彼起。灵棚底下，跪着穿孝衣的男人。堂屋正中，是又黑又亮的棺材。棺材两旁挤满了穿孝衣的女人。我被塞在这群女人中间，赵结巴拿来棉花端来酒，我用棉花蘸酒堵了鼻子，二话没说，操笔就画。

事前，早在棺材两边各用土粉子涂了四个白方块，每一方块画一个仙人，如吕洞宾、铁拐李等。然后再把仙人周围多余的土粉子刮掉。

那时候没见过广告色，更不知有油画色，就连用胶调色也不懂，只是把墨来研了，把洋红洋绿用水泡了，染一遍不显色，再染一遍。

一边听着里里外外的号啕哭声，一边染来染去。觉着喘气实在不顺溜，索性抠出棉花球，嗅了嗅，似乎没有死人味。

晌午，坐席了，竟和穿长袍马褂的点主先生坐在一桌。

何谓"点主先生"？是本乡土年高德劭有学问的人，在丧事人家中的地位，很有点儿近似时下开幕典礼剪彩的官员或知名人士。不过剪彩是喜事，那是丧事。点主先生是为死去的长辈的牌位“点主”，就更具有神圣性。

大概是因为我给他家的长辈画棺材，也有了神圣性，才和点主先生坐在一桌的。

盘盘碗碗摆满了一桌，用一个常说的词：山珍海味。突然，门外一声大喊：“孝子磕头了。”呼啦拥进一大群，齐齐地跪在了桌前。我大吃一惊，瞅了瞅，当中还有赵结巴。

画了一天八仙人，吃了一天酒席，晚上回到家来，谁见谁问：“吃得好不？”我说：“盘里碗里尽是肉。”听的人满嘴啧啧。除了吃了一肚子油水，使我不可思议的是，刚刚还在拧我耳朵的赵结巴，竟在我们酒席桌前磕起头来。我也知道这主要是冲着点主先生，可我又影影绰绰地觉着，我岂不也有点儿“非同小可”了。

没想到打从赵结巴拧了我的耳朵，竟拧出了我学画的劲头。以往画画，只是为了玩儿。这劲头似乎不全是为了玩儿了。当然不是为了艺术，那时也不懂什么叫艺术。只是盼着再有人家叫我去画八仙人，吃肉吃馍馍，再感受一番“非同小可”。

我的老师

先说私塾老师。我的第一个老师是姑母的公公，我叫他姑爷爷。教我读《百家姓》。每页四行，每行四字。先是按着顺序念。等背得滚瓜烂熟了，再将书本倒过来念。再等背得滚瓜烂熟了，将书本侧过来，从左至右念。再侧过去，从右至左念。均须背得滚瓜烂熟。这真像《诗经》上说的“辗转反侧”了。还不只此，他还将字捂上一半，要毫不犹豫地辨认出来。他说念书就得这么个念法，不这样，“啃”不熟。我不知道他这教法是学来的还是自个儿想出来的，反正那本《百家姓》就是这么一页一页地转着圈给念烂的。

第二个私塾先生姓屈。教《大学》《中庸》。教一段，念一段，直至背熟。可是“大学之道，在明明德，在亲民，在止于至善”是说的啥玩意儿？谁也不懂。老师说，他就是这么学的，也就这么教法，看来他也不懂。

桌上放着一把戒尺，是打学生用的，是当老师的必备之物。因为私塾先生不打学生，家长就会认为老师不认真教，不是好老师。屈老师不同于别的老师的是：他打学生，也让学生打他。他打学生的手，学生打他的头。他往椅背上一仰，眼一闭，把笤帚疙瘩往我们手里一递说：“打。”我们就打起来。他说他有头痛病，打一打就松快了。我们说是以打还打，是捞本。可说是“仁者见仁，智者见智”了。

再说高小学堂的老师。

教我们班的陈老师，喜欢训人，有时训上了劲，连课文也忘了讲了。“唉呀呀！瞧你们这身铠甲（我们没有手绢，都是顺手将鼻涕抹在棉袄上，久而久之，棉袄变得又亮又硬），简直给学堂丢人。学生就得有学生样，得干净，有了鼻涕不往棉袄上抹行不行？不能脖子老像车轴，洗脸的时候狠狠心也洗洗脖子。再有，要规矩，没规矩不能成方圆。要坐有坐相，立有立相。坐在课堂上，要一动不动，像泥胎一样。”像这类的话，一学期中翻来覆去不知要讲多少遍，可“铠甲”我们还是照样穿。

常老师的论调正相反：“我最喜欢什么样的学生，你们猜？我最喜欢调皮捣蛋的学生。”石破天惊，一句话说得大伙儿吐出了舌头，你瞧我，我瞧你。“你们说说，这是为什么？因为调皮捣蛋的学生最聪明，你们信不信？”我们不敢信他的话，谁知道他葫芦里卖的什么药？可是我们认为他最有学问，他会作诗，他常常不讲课文，却把他的诗写在黑板上教我们。比如：“十里槐香雨，一坡麦秀风。独轮旋不住，蚕豆到家中。”通俗浅显，一听就懂。而且我们曾亲眼看到过他推着独轮车往家里送蚕豆。还有“麦浪广无边，汪洋海接天。环村如列岛，我是水中仙”。我们整天价在野地里混，这情景当然熟悉。他看到我们念他的诗，很高兴，他越高兴，我们念得越带劲。我曾经抄了半本子。

校长叫王克敬。戴着一顶破礼帽，穿着过分肥大的长衫，讲话时总要喷出唾沫星子。他专门讲“修身”课。在课堂上，“修身、齐家、治国、平天下”，总是随着唾沫星子一齐出来的。在一次周会上，他讲起话来：“今天我演讲，为的是要你们好好上学。这些天来，我看到好些学生整天瞎闹，不用功。一滴汗珠掉到地上摔八瓣，你们父兄在地里累死累活，供你们上学可不容易啊！知道吗？”他激动起来：“你们不好好地学，对得起谁呀，我替你们父兄难过啊！我求求你们，以后好好上学吧，我给你们跪下啦！”说着，一撩长衫跪了下来。我们先是一愣，接着“哄”地笑了起来。他爬起来，又转向台上的老师：“各位老师，我求你们好好地教，

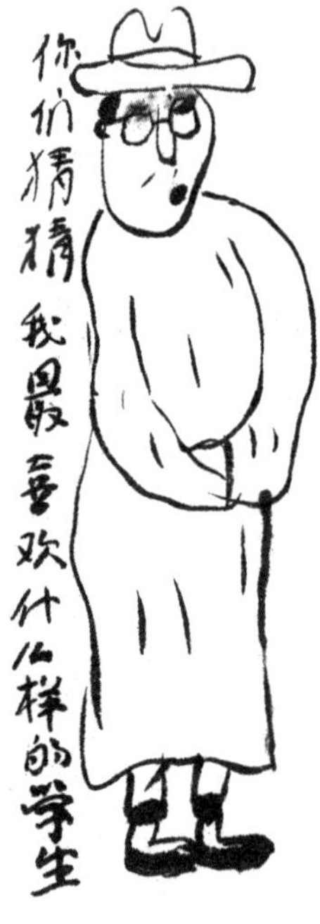

好好地管……”说着，又跪了下去，老师们惊慌失措地四散躲开了。从此，校长有了外号：王疯子。

后来，我才明白，我们家乡就是行乞兴学的武训的家乡。武训精神深深地影响着我们家乡的文墨人，王校长下跪就是仿效武训的。

还应该说说不是老师的老师，却比老师还老师的老师。这个“老师”是同班同学，叫张惠信。

张惠信年已十七八岁，长得个子又高，每逢排队下操，在我们这群十二三岁的高小学生中间，简直是羊群里的骆驼。他这“骆驼”混到我们这“羊群”里来，也是那个混乱时期的阴错阳差。那时的堂邑县，城里是敌伪统治，乡下是土匪横行。张惠信家里富裕，住在城南张炉集，是到城里受汉奸的气还是在乡下被土匪绑票？权衡的结果，举家迁到城里。张惠信本已中学毕业，无学可上，无事可干，家里人怕闲中生事，不如委屈他，拘到我们这“羊群”里来让老师管着。这本是秃子当和尚，将就事，而这位同学倒也随遇而安。

早晨上自习，大家念课本，他念线装书。问他，说是“古文”。在我们心目中，白话文没意思，能读懂艰深的文言文才是有学问。我们对他肃然起敬了。继而心向往之。问他愿意教我们不？没想到这恰投了他的心思，其中是否也有点儿想过过当老师的瘾？不敢臆断。反正是两全其美。

见缝插针，一旦课外有了空暇，一个“老师”三个学生就凑在了一起，这“老师”还真行，深入浅出，多方设譬，讲得明白通达。

起始本出之好高骛远，为学文言而学文言。后来却也渐渐有所领悟。比如“落霞与孤鹜齐飞，秋水共长天一色”。那浩渺烟波简直活现眼前，使我这矮墙破屋篱畔田塍间的“井底之蛙”，如就日瞻云，目极八荒，大拓视野。又如“文王拘而演《周易》；仲尼厄而作《春秋》；屈原放逐，乃赋《离骚》；左丘失明，厥有《国语》；孙子膑脚，兵法修列；不韦迁蜀，世传《吕览》；韩非囚秦，《说难》《孤愤》；《诗》三百篇，大抵贤圣发愤之所为作也”。心领神会，不觉间志为之壮，气为之豪。而且那字句像会跳跃，抑扬顿挫、跌宕铿锵，随着读声，似乎全身也有着一种舒畅快意的节奏的颤动。

出于对文章的兴趣，也出于同学间争强斗胜，先是无心，后到有意。你学一段，我学两段。你背得熟，我背得更熟。这一较劲，如箭在弦，如骑虎背，欲罢不能了。为了多念几遍书，就得争分夺秒，一个比一个起得早，满天星星五更半夜就爬出被窝儿上学校去。穿街越巷，又黑又冷，又怕狗，又怕鬼。钻进教室，点上豆灯，一边诵读，一边紧紧攥着棍子。再有：嗓子不念哑了不足以快兴。现在想来，不免哑然失笑。哪里来的这么一股邪劲？也正因了这邪劲，一个学期，竟将这“老师”所学过的《古文释义》篇章全从他肚子里掏出来了。

面刺猬

一到腊月底，家家都蒸米糕、枣糕、包子、馍馍。这时候我总喜欢待在厨屋里，看母亲蒸枣糕，尤其是蒸面刺猬。

先将面团裹上红枣，做成椭圆形状。再用面团做成四个如树叶子大小的扁片，划出几道印痕，分别粘在椭圆面团的下边，就成了四个爪子。拿剪子在面团上剪出一道道小豁口，捏住豁口裂痕一提一捻，就成了尖锥锥样的刺。安上两颗黑豆，当作眼睛。最后再用面团捏个元宝放在背上，于是成了一个驮元宝的刺猬。蒸熟后，白晃晃、油光光、胖墩墩、傻乎乎，憨态可掬。不由得伸手去摸，突然一巴掌将手打了回来："你这脏爪子别捅，这是供奉财神爷的。"

财神爷供在堂屋西间，我无数遍地来到这儿，在袅袅香烟里，在闪烁烛光里，在穿红袍的笑眯眯的财神爷的下面，趴着那个胖墩墩傻乎乎的白刺猬，我瞅它，它也瞅我。

前年回家，和年已八十多岁的母亲闲说话，又提到了面刺猬。我问她还记不记得。

“怎么不记得？”

“那面刺猬胖墩墩傻乎乎的真有意思。”我所谓“真有意思”的意思，如再说清楚些，还应有如下的话：比如这面刺猬的整个制作过程，还要经过蒸熟发酵的膨胀，就是说既有人工作为，也有自然天成。那由蒸熟发酵自然形成的更为模糊了的形体，越发增强了它的浑厚、朴拙、粗犷之感。况周颐论词说：“作词有三要，曰重、拙、大。”他把这作为词艺术的最高审美境界。依此来对个号，这面刺猬之“朴拙”，岂不是拙；这“粗犷”，岂不是大；这“浑厚”，岂不是重。固然，“质胜文则野”，艺术有文野之分。如果不论这文野，仅就审美境界讲，难道不是同趋一途？

母亲说：“不就是裹了枣的面疙瘩！”

我说：“别瞧这面疙瘩，拿到城里展览展览，人们都喜欢看哩。”还有心里在想却没说出来的：这面刺猬与真刺猬相比，的确并非如镜映物、毫厘不爽。然而，无论绘画或是雕塑，模拟酷肖以“像”求像，固然是本领；以“不像”求像，就更需要本领。正想到这儿，母亲说话了：“别胡说啦，人家谁瞧这个？我不信。”我说：“我知道你就不信。”母亲不但不信，她也不懂（她不识字，怎能懂得那些艺术中弯来绕去的道理）。我干脆自顾自心中独白开来：看那面刺猬的黑豆眼睛，浑浑浊浊，迷迷怔怔，一副傻相。不就是那傻相的好玩儿有趣才逗得我站在财神爷供桌前瞅了又瞅？

“你蒸面刺猬跟谁学的？”

“跟你姥姥学的。”

“我姥姥又是跟谁学的？”

“谁知道？全郭庄里会的多哩，又不难，一看就会。”

的确，一看就会。可是，之所以一看就会，是因为从真的刺猬到面刺猬已是经过了删繁就简、提炼概括。起始于谁？从母亲这儿是查问不出来了。也或许是一代代的农家妇女的智慧汇集的结果。

我说：“你知道不？我小时候没少往财神爷供桌前看那面刺猬。”

母亲笑了：“你看，不就是想吃呗。”

话又说岔道了。我慨叹她老人家竟不知她亲手捏出的面刺猬是民间艺术，且是很有趣的艺术。她根本没把它当回事。于此却使我想到我们这些所谓的艺术行道中人，又把艺术太当回事了。什么毕生追求啊，什么殚精竭虑啊，一旦稍有所得，仅仅拾得一皮一毛，就大呼小叫，一惊一乍。我想，如果母亲知道了这些，是否觉得很逗乐子？

使我迷惑不解的是，不仅面刺猬也包括其他民间艺术在内的一种现象，这些民间艺术的创作者，或出之即兴，或出之玩乐，随随便便，信手拈来，却轻而易举地抓住了艺术核心：传神。而我辈孜孜以求者，不是“效颦”，就是“画虎”，彷徨终日而不知其所止。想来岂不好笑？

似乎有句话，大意如是：有心为善，实非至善。无心为善，乃为至善。这艺术的至善境，当也关乎有心与无心的。

小　院

园林，不就是亭、台、楼、阁、山石、花、草、树木。干脆些说，不就是两大类：人工物和天然物。就这点看，农家小院倒是和园林颇可比称伯仲。人工物和天然物两者间的相反相成配合得当，园林艺术是匠心经营，农家小院是随意点染。

庄稼人顾嘴顾吃，利用门旁宅边、屋前窗下见缝插针点种些瓜瓜豆豆。夏日郁郁葱葱一片生机，秋天更是色彩缤纷，红橙黄绿青蓝紫。

这瓜瓜豆豆，夤缘而附，乘隙而攀，扭缠于窗棂房檐之上，聚散于墙头柴垛之间，“各抱地势，钩心斗角”。而豆棚瓜架深处，时闻鸡声咯咯，犬吠汪汪。野之天然和人间烟火相映成趣。这似此又彼，似彼又此，不正是园林艺术所极力追求的人工与天然相融化的境界？

在这“涉笔成趣”的环境里，我小时候不止一次地有过这种好玩儿的体会。比如：眼瞅着的是冷白的月光，是簇拥着要挤进窗户里的瓜藤瓜叶。听着的是瓜叶里蝈蝈的叫声……所视所听使我如置身于夜的田野；可一伸腿又确凿是在暖和舒适的屋子里的被窝中。这截然不同的两类空间，近得只有一窗之隔，因而引起两种不同感受反复交错，使之恍惚迷离。这用小时候的话说是“好玩儿”，用现下的话说是审美活动中的愉悦享受。其实，这也就是所谓的“诗意”。这小院的诗意竟逗引起我这不善吟诗者的诗兴。有一年回家，对着小院诌了几句：

小院秋深深几许？
瘦了瓜藤，
肥了白菜，
红了枣子，
黄了玉米。
暮色里，
墙转角处，
豆棚入画，
草虫吟诗。

这只说了小院的一半，即野趣。而野之“趣”之所由而生，实是因了人间烟火气的相比相衬。我又写了另一半：

一天农活完了，
抽烟喝茶，
闲坐院中。
看星星眏眼，
听秋虫唧唧，
间议来年农事：
南亩种豆，
东篱栽葱。
唯老母忙碌，
进进出出，
米粥飘香，
炊烟辣目，
灶火通红。

两诗合并一起，庶几一幅农家小院的画图了。这画图不甚高明，因为诗是蹩脚的。

有趣的是，竟连簪缨世家的老官僚贾政也居然为之“动心”了。《红楼梦》“大观园试才题对额”一回中，贾政、门客以及贾宝玉一行人来到这么个去处，“里面数楹茅屋，外面却是桑榆槿柘，各色树稚新条，随其曲折，编就两溜青篱……贾政笑道：‘倒是此处有些道理。虽系人力穿凿，却入目动心。’”

这“农家”小院，不过是冒牌货。贾政说“人力穿凿”，倒不如说“东施效颦”。

我本应写些童年时与画画有关的事，可农家小院使我心向往之，总在笔尖底下晃来晃去，终于挤到稿纸上来。人总是要受到环境的影响，这环境不光是人际间，也有自然界。农家小院作为环境之一部分，不能不影响及审美观念、艺术追求及生活情趣等。

拉车与磕头

1942 年，大灾荒年。学生饿得没劲学，老师饿得没劲教，学堂于是“聋子放炮——散了”。

有一天，那个曾经在讲台上讲着讲着话忽然给我们下起跪来的“疯子”校长，戴着破礼帽穿着破长衫正费力地推着独轮车。车上是锅碗勺盆行李被褥，还有他的孩子。校长太太拉着车。一路歪歪斜斜走来。不问可知，他是回老家去了。

我们几个学生一齐拥了上去，边喊着“我拉车送你去”，边争抢牵绳。牵绳被我抢到了手，兴奋地冲着与我形影不离的另一个伙伴儿喊了一声：“走。”拉起牵绳，穿街过巷，出了北门，出了北关，直奔二十里铺。

一路上坑坑洼洼，死拉活拽，总算到了他的村子。回到家，太阳已落了。一进门，父亲大喝一声：“你还回来呀？”我的伙伴儿一看不好，溜了。

母亲、祖母也数叨起来："你这小孩儿多半天没个影，叫家里牵挂着。"我辩解说："我给校长拉车子去了。""知道你拉车子去了。东邻你二婶子说，是她亲眼瞧见的，人家二贵抢牵绳光伸伸手做个样子，可你倒好，数你抢得带劲。再说，送三里五里就回来呗，一直送到家，实打实。"

父亲说："念书念傻啦！"

我还在茅厕里给死去的妹妹磕过头。

五岁的妹妹病死了，母亲来郭庄姥姥家告诉了我。我问埋在哪里了，母亲说埋在臧庄村东祖坟地头上。没想到这一问，竟弄得我心事重重起来：她活着时很胆小，天一黑就不敢出屋了。可现在埋在那野地里，该多怕哟！想象中的黑天野地里的小坟，总在脑子里打转转，转得我这活着的比那死了的还着急。

现在算是悟开这个理了，迷信这码事，并非全是由于愚昧没有文化。有了知识学问，未必不迷信，甚且更迷信。不信鬼神了，却信人。迷信鬼神，无非烧香磕头；迷信起人来可能就折腾得人仰马翻。话再说回来，不管怎样，迷信与真挚虔诚总是伙穿着连裆裤，可感复可泣的，倒也不能说得一钱不值。迷信多种多样，形成之因也多种多样。其中之一因，就是心理作用。比如，当人们在无能为力的时候，为了自我安慰，为了心理平衡，说难听些，为了自欺，或是欺人，于是生出了幻想，用幻想来的幻象来对付那使自己无能为力的对象，且牢牢缠住不放，成为执着的信念，顶礼膜拜，精诚专一。

《红楼梦》里的藕官

对埋在野地里的死去的妹妹的无能为力，迸发了我的幻想力。画上的神像头上不是都有灵光么，我幻想出我头上也有灵光。这灵光可以罩着她保护她。却是也怪，这么一想，觉着有了仗恃，重重心事顿时化解了好多。人们说：神是人造的。我把我自己造成了神。

具体做法我也想出来了，而且坚定地相信着：我跪下一磕头，这灵光就从头顶上飞射出去了。

在哪儿磕头呢？屋子里院子里都不行，胡同里村边上也不行，给人瞧见了怎么说？得找个僻静去处。对，去茅厕里。临到磕头，又犯难了，那坟在哪儿啊？如对不准坟，这灵光不就飞到别处去了。总算没有难住，冲着西的方向半圆圈地连着磕，像撒大网，总会能碰得上的。于是我想象着那灵光，跪下爬起来，爬起来跪下。

背后突然一声："哪里不好玩儿，偏在茅厕的地上爬，我告你去。"一看是四姨，我求告说："好四姨，别告我去。"她说："你还拽我的辫子不？" 我说："不拽了。"她说："快滚，我要方便了。"

后来读《红楼梦》，读到《不了情暂撮土为香》《杏子阴假凤泣虚凰》，原来书本里也有冒傻气的。我边读边笑，笑他、她们，也笑我。又不知是因了他、她们而笑我，还是因了我而笑他、她们？

又后来，"红楼梦"组借调我去画《红楼梦》插图，画到藕官，画出劲来了，按时下说法是"投入"了。我觉得既像画她又像画我。这也应算是"痴及局外"吧。

老憨七

老憨七，长脸、高个。是我姑母家村里人，住村西头。有个老娘和媳妇。生过一个小孩儿，七天头上死了。说“憨”，是因他实在得过火。他媳妇倒是地地道道有些傻。

他说他唱过戏。我问：“是唱花脸吗？我最喜欢花脸了。”他说：“不是。”我问：“是唱胡子生？”他说：“也不是。”我说：“那就是打旗的（跑龙套）。”他说：“唱花旦。”花旦就花旦，反正是唱过戏，我有了个唱戏的朋友。

我和他形影不离。他出粪，我坐在粪坑沿上。他挑水，我替他拿井绳。他锄地，我一趟趟地来回跟着他……

村里不知许了什么愿，请来草台班，搭台唱戏。又不知他和戏班里有什么说道，听说他也要上台唱一出了。我兴奋地站在台下等着他出台。果然出台了，唱的是《喜荣归》。我一看，那身花衫（是他自己的行头）绷得快要裂开了。脸上煞白，脖子黝黑。一唱，声腔直发岔。尤其是他用手指指那小生的脸，又指指自己撅起的屁股，我身上直起鸡皮疙瘩。这时台下像开了锅，有笑的、有骂的，我赶紧挤出人群，再也不敢看了。

打那以后，我也不好意思替他拿井绳了。

后来，每逢姑母来我家，总有时提起老憨七。姑母说：“来了戏班时还是唱，可带劲哩。你骂你的，他唱他的，百不在乎。要不怎么叫老憨七。”

1942 年大灾荒，老憨七饿死了，他娘他媳妇也饿死了。再后来，我搞起美术创作，投起稿来。那时报社退稿，在信封上总要盖上“退稿”字样的戳印。再是，不刊用的稿子基本上都给退还，不像现下“人力、财力有限，来稿一律不退”的。我的画稿是这张寄出，那张退回。退来退去，惹烦了收发室的老头儿。怕啥有啥，他总要嘻嘻地喊上一声：“小韩，退稿一件！”把那个“件”

字拉得长而又长。每到这时不免想起老憨七，觉着自己正如老憨七在戏台上招人笑骂一样。姑母说的“你骂你的，他唱他的，百不在乎”。这本是嘲笑话，可我这时方觉出了这“百不在乎”的了不起。我开始服了老憨七了。没想到这一服他，对那拉长了声的“件”字也不那么觉着刺耳了。渐渐地收发室的老头儿也愈来愈少了嘻嘻地喊上一声的兴致。因为再新鲜的事也总会有腻了的时候，是我把他给耗腻了。再是，我的画稿也终于刊登了出来。老憨七万岁，“百不在乎”万岁。我没有白替他拿井绳，陪他坐粪坑沿。

这个自己言说别个自己

该考中学了。我们这帮沙土窝里出来的学生，夹起书包文具直奔聊城（东昌府）。这是头一回进府城，那么高的城墙，那么深的城门洞，过了一道城门洞，又是一道城门洞。我们站在城中心的光岳楼下，仰望着“神光钟暎”匾额，望得直眼晕，那楼似乎要扑下来，我们边望边不住声地“唉哟！唉哟！”

一进中学，看了那些穿制服的学生，再看自己穿的大裤裆裤子，用文词说，是“自惭形秽”。那时不懂这个词，却也有我们的说法：“到底是大地方！”

我们全部录取，从此成了中学生。

这个题目有点儿像绕口令。其所以之故，是因为这事如果倒退回去数十年，本是难以启齿，可如今年逾“耳顺”，“曾经沧海难为水”，已是这个自己似乎在言说别个自己，恍如隔世了。

入学头一年，虽然济济一堂的莘莘学子中女生几乎占了一半，虽然年长的男同学盯起女同学“目灼灼似贼”，虽然紧靠着我的课桌的前面是晃来晃去的大辫子，可我却一门心思扑在了念书上，再不就是为写不好小楷跟作业簿斗气，将纸页撕了一张又一张。

人每天都要碰上意想不到的偶然事。有的偶然事，昙花一现，倏即迹灭；有的偶然事却不然，像钓钩，一沾上它，就脱不开，说不定被它给拉到什么地方去。

第二学年，有一天我正低着头匆匆穿过操场，与一个比我高一班的女同学几乎撞在一起。错愕之间，我无意中一瞥，闪进我眼中的是白白的脸颊和飘拂在脸颊上的微微有点儿发黄了的轻柔的鬓发。千不该万不该一瞥，由于偶然的这一瞥，这脸颊这鬓发与我算是纠缠不清了。

从此，只要一瞅到那穿得泛白了的蓝布女衫的她的身影，心就怦怦乱跳。本来从没想到过照镜子，这时每从走廊里走过，总要对窗玻璃里的自己瞅上几眼。从来没扣过脖扣，这时纵使勒得慌，也不惜委屈脖子了。心中更是矛盾：既怕听人谈到她，又想听人谈到她；既不愿人说她长得不好看，更怕人说她长得好看。我这是怎么了？很显然，我是给那“偶然”的钓钩拉到“这是怎么了”的套扣上来了。

说来难为情，我算是体味到“痴心妄想”是怎么回事了。当一个人倾心于另一个人时，无论他是在看、在听、在想，总是不知不觉地顺从着“愿望”的拨弄。比如，那个女同学只要往男生群里看上一眼，就立即把这“一眼”全包揽过来，算成自己的。不瞧不看，

我又此篇信笔
涂画物不识为
何物继而似有
所悟此莫非聊
斋中之孙子楚乎

也有揣度：不看不等于不想，想谁？当然是想那“顺从着‘愿望’的拨弄”者了。

也并非整天价自作多情得头脑发热，每当瞅到自己穿的大裤裆裤子，心里就凉了半截，凉得自己都觉着自己惨不忍睹。

话说到这儿应该结束了，因为战争起来了，老师学生作鸟兽散，从此天各一方。可是并没有完，每当我锄地累了，坐在官道上休息时，总是顺着官道往东眺望，那天际的冉冉白云生处不就是聊城！于是眼前又浮现出了那白白的脸颊与轻柔的鬓发。

谨提醒一下诸位“看官”（这是借用旧章回小说的说法，现下不是都时兴仿古么）：以上所写，都是铺垫，下面几句，才是命意所在。

我腻烦透了这大裤裆裤子。是这大裤裆裤子造成的与那脸颊鬓发有如霄壤云泥的间距，是大裤裆裤子使那脸颊鬓发成了无异于镜花水月、蜃楼海市样的可望而不可即。不行，非得脱掉这大裤裆裤子，非得跳出这沙土窝去！于是暗自发狠，自奋自励，苦学苦读。从操场上的一瞥，竟瞥出了拼搏力量。此偶然乎？必然乎？可哂乎？可鄙乎？亦复可感乎？

岁月流逝，年齿已长，那脸颊那鬓发已模糊如烟如云了。时过境迁，我却愈来愈纳闷，从未交谈过一句话的那女同学，怎竟有如此神奇力量，招引得我神思颠倒？我的好奇心又出奇地强烈起来，说什么也得想法再看到她。

有一年春天，我回家，为好奇心所驱使，专程绕道聊城。一下汽车，安排好住处，立即风尘仆仆地往那女同学住家的街上奔去。一进街口，却犹豫了，此时才猛然悟到，见了面说什么呢？总不能实话相告吧。当然只能说瞎话，可又编什么样的瞎话呢？却还有更担心处，如果她已不再是我想象中的她……我更怕这美好的幻灭。

难道就这么百里迢迢白来一趟？不能功亏一篑。破釜沉舟了！至于说什么，就说来看望同学，又能把我奈何！纵使露了馅儿，也不算犯法。

气是鼓了，终是心虚，对着那门口，如《空城计》里的司马懿，直犯难。正在进退维谷，背后忽然一声："你找谁哩？"我回头一看，是个大嫂，我定了定神，说："找某某，我们是同学，记不清了，不知是不是这个门口？"这时从远处又走来一个大嫂，这大嫂冲着那远处的大嫂高声问道："这同志找某某，她去青岛结婚走了没有？"我心里直发急，我的天哪！你干吗这么大呼小叫。那个大嫂证实了她已去青岛结婚。我如释重负，心安理得而又不无遗憾地离开了这家门口。

十数年后，又去了聊城，碰到一个同班同学，说了一通学校往事，感慨了一阵人世沧桑白云苍狗，却又于话间得知了那个女同学的表嫂就在鼓楼东街路北开成衣铺，我的好奇心又死灰复燃。意欲打听那女同学在青岛的地址，趁出差去青岛时再去满足我那好奇心。没想到她这表嫂机灵得赛过《沙家浜》里的阿庆嫂，一眼就看穿了我心中有鬼，不但不告知地址，还一个劲地审起我来。我难以抵挡，语无伦次地应付了几句逃了出来。从此，我再也不敢打听了。

现在她应已六十六七岁了，儿孙已满堂了。兴许，已不在人世了。可这段故事她虽是主角，却始终蒙在鼓里。

学　戏

那飘逸昂扬、忽敛忽纵的韵律，那在声腔之中又似在声腔之外，若隐若现缥缈高远的升华了的意境：苍凉悲壮。使我如痴如醉。是《李陵碑》向我展示了京剧的魅力。

有一天，和一位同班同学闲说话，说起不久前在万寿观看戏，看了《李陵碑》，说起我的着迷。他说唱《李陵碑》的是他叔叔——他父亲的拜把兄弟，叫刘世勋。莫非命中注定有缘，怎么这么巧？我急切地说："领我去他家玩玩儿可以不？"他说："可以。"我进一步说："跟他说说，我想学戏可以不？"他说："兴许可以。"

第二天下课后，我们去了。

刘老师方脸盘、络腮胡须、浓眉大眼，依稀尚能辨出戏台上的"杨老令公"，我肃然起敬了。同学开门见山："他想来学戏可以不？"刘老师看了看我，说："可以。"一说就成，看来是命中注定有缘。我说："磕头不？"刘老师笑了，他太太也笑了。我说："我想学《李陵碑》……”

开始学戏了，刘老师说：“教你《黄金台》。”我说：“不是学《李陵碑》吗？”刘老师说：“《黄金台》！”像是不可商量了，我仍不死心，说：“学会了《黄金台》再学《李陵碑 》可以不？”刘老师不再回答，走向桌旁坐下，也招呼我过去坐下，拿出一张抄写的唱词说：“你看着唱词，我唱，你跟着唱。”他又说二黄原板是一板三眼，“眼”用手指点，“板”用手掌拍，这叫拍板。他边唱边拍，我也学着边唱边拍。

最麻烦的是我的山东腔，须在吐字上狠下功夫，他告诉我不要直接唱字，按照拼音方法。比如，“为国家”三个字，唱出来是“wèi（为）guó（国）jiā（家）”。这法还真灵，不但能纠正山东腔，而且每个字的吐出有起有落有着跳动的节奏。

刘老师要求极严，一丝不苟，他把这说成是“抠”。把字抠准了，才能字正腔圆。抠着抠着，突然一掌狠击在桌上，这是表明我抠错了。

从导板、回龙到原板不长的唱段，竟抠了两个多月，足证我的山东腔之顽固。可我越学越来劲，勤能补拙，终于不容易地获得了老师的赞许。

说到这儿，我先绕开说点儿后话。后来阴错阳差，没当了“戏子”，干了画画行当。在画画这一行里或书或画的实践中，当初和刘老师学戏的行腔吐字的体会竟帮了大忙，使我就京剧之行腔与绘画之行笔两者相较，悟出了唱腔变“字”之常音，绘画变“形”之常态，实则行

万寿观

这地方太熟悉了，对着照片上的年久失修的万寿观，忽发呆想：如若不是如《信马由缰》所写的某年某月某日傍晚和某同学来此闲逛，就不会发现观前的戏楼上正在演唱《李陵碑》，从而痴迷上京剧。如不痴迷上京剧一心想进戏班子又怎得去了临清？进退维谷，为了混口饭吃当了学徒。又是偶然的偶然，因了大众教育馆的老梁的一声京胡参加了工作。可结果呢，没唱了戏，却画了一辈子画儿。天下事总是阴错阳差一环扣一环，“鲁酒薄而邯郸围”，越想越好玩，越想越好怕……

笔行腔似同一辙。

一出《黄金台》从唱、念到走场都学会了。人的欲望总是随着所处环境与自身条件的改变而改变。这时我不再急于要求学《李陵碑》了，一心想着登台。我浮想联翩，由我的“田单”想到刘老师的“杨老令公”，想到《李陵碑》唱腔的魅力使我痴迷的情景，我想象着《黄金台》的唱腔也充满了魅力使人为之着迷。我首先想到了我们学校的那个女同学。一句话，凡心大动。我死乞白赖地央求：“刘老师，让我登台吧。”

刘老师说：“登台，得先练胆。”我问怎么练？他说跑龙套或是当配角。有一天，他要我当《三娘教子》的儿子。我说我不当儿子。我心里想，这让那女同学瞧见像啥话！老师见我志不可夺，就说：“那你就只好跑龙套了。”我说：“跑龙套就跑龙套！”我在《法门寺》里跑了龙套，在《黄金台》里当了更夫。我自传里写的“粉墨登场”是冠冕堂皇的字眼，实则是跑龙套。

没想到跑龙套跑出了娄子，我在戏台上“招摇过市”，可能是给老师瞧见了，可能是学校里干涉了，刘老师不教我了。尽管我一再央求，刘老师只是斩钉截铁地说：“戏子王八吹鼓手，学这个没出息！”《李陵碑》是学不成了。登台一事（扮演田单）也从此告吹，命中注定的与京剧的缘分到此为止。

盼着开城门

在聊城上学，我们几个老是想家的学生，总是断不了往家跑。一来一往，七十二华里，却也练出了腿劲。又因为过城门的次数多，对那几个站岗的伪军也就看得眼熟。

有一次过城门，我们照例掏出“良民证”。站岗的说：“我们不看‘良民证’，我们是国军。”还怪模怪样地笑了笑。我觉着“似曾相识”，问另一个同学：“以前似乎见过他，明明是伪军，什么时候成了国军？”

“城头变幻大王旗”，真说对了。

就在那个站岗的伪军不再看我们的“良民证”过后没几天的夜里，突然响起了枪声。我们吓得上牙直打下牙，摸着黑穿上衣服，猜测着：八成是八路军打城了。

天明，枪声停了。一打听，果然是八路军打城，没打进来，撤了。我想，开了城门快回家吧，书是没法念了。等了一天，不开。等了两

聊城光岳楼

天，不开。七天八天过去了，还是不开。我们都急了：还得回家过年哩，这可怎么好哟！

一天早晨，突然“轰”的一声巨响，地都哆嗦起来，大家你看我、我看你，吓蒙了。一个学生惊悟过来：“我的娘啊！这是大炮。”接着又是轰的一声巨响，对面城墙上立即升起滚滚浓烟，在浓烟里，影影绰绰的瞭望哨楼成了半拉。枪声也如疾风暴雨搂头盖顶地压了下来。我的心直往嗓子眼里蹦，恍惚中看到那些同学像给捅了窝的老鼠一样乱窜，我也跟着乱窜。你往我宿舍里跑，我往他宿舍里跑，似乎只有别人的宿舍里才安全，而且争着死命地往墙角里挤。

疾风暴雨般的枪炮断断续续了十多天，停了下来，我们揪紧了的心松了下来，这时才又想起了城门：到底什么时候才开呢？

冬天过去了，到了春天。春天过去了，又到了夏天。先是吃粮食，后来吃红薯干。先是吃咸菜，后是蘸盐水。先是烧柴，后是刨树，再后是拆房。不但没开城门，谣传却出来了。说旅长向兵讲话了："守好聊城，每人给五十块现大洋。"隔了几天，说旅长又向兵讲话了："守好聊城，每人给个媳妇。"

不久，又有传闻，说要"军事调停"了，这下可以开城门了。果然，老师召集学生排队去迎接了。在被迎接的一群人中，有个黄头发的洋人，说是美国的雷克上校。

欢迎了，欢送了，城门仍没有开。

又到了秋天。

事到无望念转平。干脆不再想那开城门的事了。不料想，忽又传开消息，说是双方达成协议，要放难民出城。这回却是半信半疑了，可偏是这疑信参半的事反成了真。

我作为第一批难民出了城。之后，又放出了第二批。再之后，那由伪军摇身一变而成的国军，打开城门逃之夭夭了。

聊城，不仅有高耸入云的光岳楼，有构筑别致的山陕会馆，有铁塔、玉皇阁，还有海内闻名的四大藏书楼之一的海源阁，出过康熙的老师傅以渐，出过“字压天下”的头名状元邓钟岳，出过著名史学家傅斯年……是物华天宝、人杰地灵。自那夜枪声响起，一年之后，这鲁西北文化名城的城门口，再也没有了查看“良民证”的伪军或由伪军变成了的国军。

也是在这聊城，在解放战争中，双方争战相持长达一年之久，我恰恰遭逢上了这场围城战。

去临清

虽然仍想念书，却又没学可上，只好在家里抡锄把。有人说：干庄稼地里活儿，那以前念的书不可惜了？也有人说：学生意也比抡锄把强。二舅捎话来，说他有个熟人认识戏班子里的人。父母亲和我合计再三，打定了主意上临清进戏班子去。

出外需要路条（即证明信），父亲把村干部拉到“半分利”的丸子摊上，请了一碗绿豆丸子，开了一张路条。

都说有因有果。按因果说，我一生的绘画道路，是由一碗煮绿豆丸子给注定了的。当然也稍稍拐了几个小弯。

以前曾跟父亲贩卖粮食去过临清，算是“轻车熟路”。

临清的二舅，说远不远，说近不近，是外祖父的本家侄，已分家了。据说他先是在临清学徒，后来独立门户，开了一间铺子，把妗子、表妹也接到了临清。又据说，他开铺子时父亲曾帮过忙。这次去投奔，明是住亲戚，内里也牵连着这么层关系。

与二舅、妗子刚寒暄过后，突然眼前一亮，进来个珠光宝气修长苗条的大姑娘。二妗子说：“这是你冬妮妹妹。”她还认得我，毫不生分，我却甚是拘谨。那亮晃晃的银镯子、耳坠子、花洋布衣服，还有那像两个黑洞一样的眼。我恍惚如在梦中。这就是那个整天流着鼻涕的冬妮？这就是那个在郭庄村后一起拾柴，为了抢夺一根树枝将其打哭了的冬妮？这就是那个可怜巴巴的样子，我们连瞅都不愿瞅一眼的冬妮？我想起了童话中的那个“丑小鸭”。

住亲戚家总不好意思白吃饭，得抢着找活儿干。或是涮旧酒瓶，或是和二舅一起去烧锅上抬酒。二舅往酒里掺香精，我则往同样的酒的酒瓶上贴各式各样的商标。说穿了，是造假露酒。我看着货架上的橘子、桂花、玫瑰五颜六色的露酒，再看看站在柜台外边认真挑选的老乡，而二舅又是那么一本正经地拿下来放上去，就心里窃笑：二舅真会装相。说真格的，论起时下造假酒的来，我还应是他们的老前辈哩。

有一天，二妗子要我爬上阁楼去晾肥皂。她说：“是二十五条肥皂，你数数对不？”我数了数说是二十六条。她又说：“是二十五条，你再数数。”我又数了数仍说是二十六条。无意中从板缝里往下瞅了一眼，这时二妗子正冲着另一个方向微微点头，似乎在赞许，而那笑的眼神有些异样。我纳闷儿，这眼神是怎么回事？我心里“咚”地跳了一下，莫非是试探我哩？从此，和二妗子说话觉着颇费斟酌了。

总想看上一眼的冬妮妹妹的像黑洞一样的眼睛，可是，她已有了婆家，说是明年就要和东邻镶牙馆里的少掌柜结婚了。

本来不太着急，却突然着急起来：怎么那戏班子还不回临清？

上湾街

诸葛亮说："凡事如是，难可逆料。""非臣之明所能逆睹也。"像诸葛亮能掐会算尚且如此，何况凡夫俗子！

我去临清本是下定决心要干唱戏营生，再也没有料到却当了学徒。

把我介绍到上湾街一家货栈里。二舅说："先试三天，这好比你们学生考试。千万别让人家给退回来，若退回来，就难堪了。以后再找别家，问起来，怎么说？"我听了惶惶然。难怪人说："十年能熬出个秀才，十年熬不出个买卖人来。"学生升学考试，今年不成还有明年。可据二舅的说法，这学徒却是一锤子买卖，如若试用不成，则成了斗败的蛐蛐，不值钱了。仅此一点，足证那话并非虚言。二妗子更是谆谆告诫："你扫地抹桌、抻床叠被，那褥子底下、桌子底下、墙犄角里说不定会有钱，见了钱一定要交给掌柜，你明白这是啥意思？"我点点头，心里说：打从你让我数肥皂时就明白了。

试了三天，被招收了。从此上湾街的户口簿里有了我的名字。

上湾街地处临清市的边缘。街西口有座观音庙，一人高的观音菩萨已被香火熏得浑身漆黑。紧靠观音庙是一家炒饼铺。炒饼铺的后身是鳌头矶，所谓临清八景之一的“鳌矶凝秀”。那砖砌的高台上有座破旧的阁楼，筒瓦参错，杂草丛生，再是也看不出那“秀”来。鳌头矶往南是大众公园，往西就进入闹市了。

上湾街东口，就是直通外县的康庄大道。南面紧傍一条小河，街里人家的后门，有的就开向河堤上。有一天我正从河堤上走过，突然哐啷一声，一家后门开了，冲出一个赤条精光的汉子，弓着腰捂着腿裆，三蹿两跳“扑通”扎到河里去了。我惊得倒退两步，想必是个疯子。事后得知，这家是个油坊。那精赤的汉子是榨油工。因为干起活儿来汗水淋漓油珠四溅，无法穿衣，也为了省衣，只好精赤条条。打那以后，每当我路过这家门口，立即会想象到那墙里头的整天在抡锤的一丝不挂的“疯子”。

上湾街除了这家油坊，还有一家烟酒铺、两家馍馍房、一个茶馆、一家轧面条铺，再就是四五家货栈，其余都是住户人家了。平常里街上行人稀稀落落。

闹市区，像考棚街、锅市街、马市街、大寺街……只有来到这里，才能看到商贾云集、货财萃聚的繁华气象。店铺栉比，琳琅绚烂，五光十色，耀人眼目。尤为临清独有之特色的是酷暑盛夏之季街街相连的遮天罩棚，穿行其间，神为之清，气为之爽，不知上有炎日。

钟灵毓秀。那店铺里或坐或立的店伙学徒，似乎也因“地灵”而

“人杰”了。整洁的长衫、雪白的袖头，干净利落，文质彬彬，赛似戏台上的小生。见“贤”思齐，不免暗暗与之相比，不免像出嫁了的大姑娘埋怨爹娘给找了个穷婆家一样，怨起二舅：“奶奶的，给找了那么个鬼地方！”现在写到这儿，不免莞尔。试想学徒本是人下人了，却还要在这人下人中为争个高低而生闲气。《昨非庵日纂》有段话道得好：“桃符仰视艾人而骂曰：‘汝何等草芥，辄居我上。’艾人俯而应曰：‘汝已半截入土，犹争高下乎？’桃符怒，往复纷然不已。门神解之曰：‘吾辈不肖，方傍人门户，何暇争闲气耶？’”

那时的临清有点儿近似现下的深圳，应算是解放区的“特区”。这因为它不仅地处南北运河要冲，为鲁西北商业中心，而且东向二百余里与国民党统治区济南遥遥相对。无论是晋冀鲁解放区的油、棉、核桃、柿饼，还是国统区的茶、糖、洋布、火柴、西药，这有无之互通，都经由临清。天时、地利它全占了。而这临清的集散枢纽就是上湾街。

《图说聊城大运河》里的这幅照片，一看就知道是鳌头矶。我学徒时无论去哪条街，都要打从这儿经过。旁边不远，有家炒饼铺。疤眼二掌柜，惯常的话是："去给叫一盘炒饼，别忘了再饶他一碗高汤。"

掌柜、老客

货栈营生是代人卖、代人买。从一卖一买里赚钱。比如济南的客商运了货来，或是收购油、棉运济南去，或销或购，全由货栈庖代。

掌柜劳心，伙计、学徒劳力。拉关系、摸行情、议价钱，说穿了，尔虞我诈、钩心斗角，靠的是随机应变、运筹帷幄，这要由有谋略的掌柜出马。伙计和我是连踢带打，过秤、倒油、卸车、装车……除此之外，我还有分内之事：扫地、抹桌、叠被铺床、点烟倒茶。管喝还得管尿——倒便壶。一日三餐帮厨师拉风箱。晚上帮管账先生对账，就是吃饭时也得眼观六路耳听八方，瞅着谁快要吃完馍馍或是喝完米粥，立马给递上去。那时候最吃香的是我的大名，此落彼起、连声不断，真名声鹊噪也。本是干粗活儿，是粗人，却还要装作斯文，要坐有坐相，立有立相，名曰“学徒规矩”。我对那同样干粗活的伙计的毫无顾忌地大声说话、大声放屁，羡慕得了不得。触类旁通，我算是明白了乡下受气媳妇过的日子是什么滋味了。

为了凑字数，赚几元稿费，将彼时之所见所闻，或只言片语，或一颦一笑约略追记一二，虽嫌以偏概全，却也雪泥鸿爪，岂不是好。

十六岁时第一次照相，竟鬼使神差地学起拿破仑的架势

货栈里如按尊卑为序排列，是大掌柜、二掌柜、管账先生、大伙计、二伙计，最末是在下。却还有一个庙小神灵大的姜太公，就是每天早晨打扫院子的老汉。干这粗活儿，是卑，可他是房东，掌柜张口“大爷”闭口“大爷”，又是尊了。

大掌柜，瘦弱多病，颇有长者之风。

二掌柜，比大掌柜稍微年轻。面白而微胖，颇有掌柜派头。一会儿拍打拍打长衫的下摆，一会儿掸掸鞋面，一会儿端整端整袖头。总是闲得一会儿也闲不住。最来神的是他的左疤眼，一眨一眨地透着俏劲儿和机警。

大伙计姓丁，镶着一颗金牙，但没有管账先生的那颗亮。木讷随和。租赁着两间屋，窗户正对着货栈的院子。他媳妇经常在半夜里号啕大哭，“几声凄厉，几声抽泣”，惊心动魄。到了白天，大家都没事人一样，别人装作没听见，他也装作以为别人没听见，他媳妇也照样出来进去忙家务。雨过天晴，天下太平。

二伙计是胖子，胖得连眼都眯成了缝，大大咧咧，嘻嘻哈哈。偶尔心血来潮，也仿效着掌柜的架势，下颏一仰，将喝完的粥碗冲我一伸，我视而不见，倏又满面带笑说：“好兄弟，替大哥盛一碗。”

管账先生是个老者，总是绷着脸坐在账桌里面从眼镜框上边瞅人。二舅早有所嘱：一定要巴结好管账先生，学算盘、学记账，熬个“二先生”，全仗他了。

我当然想熬个“二先生”，不然受苦又是为的啥？而且还颇自信，算账总难不过“代数”去，算盘还能抗得过“专心致志”？不出一个夏天，竟将算盘珠拨得滚瓜烂熟。和管账先生一样手指夹着毛笔照样能将算盘打出板眼来。诸艺在身，只等有朝一日当“二先生”了。起始，管账先生将日常流水账交给了我，对这“培养”我心中窃喜。半年之后，又让我帮着对账，我一面听着我两人算盘的噼啪击节，一面心花怒放，离“二先生”又近了一步。然而却高兴得早了，自从近了那一步之后，就在原地踏起步来，既“不即”又“不离”了。“塞翁失马，安知非福？”可塞翁得马，又安知非祸？管账先生似乎懂得这辩证法，既愿我学会管账，又怕我学会管账。说愿，是我这“马”可帮他拉偏套；说怕，是恐我这“马”有朝一日踢了他。管账先生一旦有了此虑，怎能不防患于未然？再说与我又非亲非故。人同此心，心同此理，这管账先生想得也对。可他想对了，我却再也甭指望当“二先生”了。我是有苦难言，苦练了算盘，不但照旧当学徒，粗活累活照样一点儿也不少干，反而加添上了点灯熬夜帮管账先生对账。如果不学那劳什子算盘，岂不稍轻闲些。我学会了算盘却打错了算盘，追悔莫及了。

再说老客。“老客”是我们对从济南国统区来的商人的统称。他们酒足饭饱之余，开口闭口，不是生意经，就是烟花柳巷。或则戏院澡塘、或则牌九麻将。大率类此。

有人说过：天底下没有两片完全相同的树叶子。这“叶子论”却也使我想起几位同中有异的老客来。有一位据说本是邻近乡村人，才去济南不久，“士别三日即当刮目相看”了。大分头梳得锃亮，脸上雪花膏搽得雪白，西装裤、白衬衫、白力士鞋。不要说他在这伙穿长衫的商人中如鹤立鸡群，即使在整个临清市也时髦得独一无二。大掌柜背后嘟嘟囔囔地说：“你说他这算是买卖人，还是算阔洋学生？”他还有和其他商人不同处，是从不谈“烟花柳巷”，专谈自己相好的，很有点儿情有独钟的劲头。再则是别的老客谈烟花柳巷是过过嘴瘾就完，他却较了真，竟然把他相好的带来了。这一下真像那首词写的了：“风乍起，吹皱一池春水。”

二伙计说：“嘿，长得真够意思。”

管账先生说：“听说是个寡妇？”

大掌柜只是把头摇来摇去，却三缄其口。

一个瘦老客大言不惭地发誓："看俺下回带个小脚的来！"

二掌柜眨着疤眼骂开了："咱这儿不成了开窑子的了？"腔调义愤填膺，却又有点儿酸溜溜。

说归说、骂归骂，每当他俩上街姗姗而回，总少不了几个脑袋争着挤着从窗玻璃孔里往外瞅。

又有一位老客，贩的货与众不同，是自行车零件。在一片生意经声中，独自向隅，默默地抽烟喝茶。有一次我正给他泡茶，他说："我看你记流水账，字写得还可以，上过学吗？"我说上过中学。他像是找到了可与言者，侃侃而谈起来。我觉得他懂得很多，把一本破旧了的李毅士画的《长恨歌画传》拿给他看，问他知不知道这叫什么画法，他说是西洋素描。他问我读过《长恨歌》没有，我说读过。他问会背吗，我说凑合着能背。他要我背背看，我背诵起来。到了中间，停顿了一下，正思索间，他立即接上了，我也争强，和他抢着一对一句，像百米赛跑，一直到"此恨绵绵无绝期"终点。他说他原先是中学语文老师，为了生计，弃学从商，也就是时下所谓的"下海"了。

记得天已很冷了，两辆骡子大车拉进院子里，满载核桃、柿饼。接着进来几个穿灰色土布棉军装的干部，说是边区文联的。于是我们货栈里又增添了另一类型的"老客"。

我只说说其中一位姓鲁的老客。瘦长脸，戴着一副近视眼镜，一看就知道肚子里装着墨水。同气相求，如"张良进履"，我主动地帮他做这做那。有一天，他和我们闲聊天，顺手抄起账桌上的毛笔往纸上涂画，涂来涂去，涂写出一行像英文的字，问我认得不？我说不认得。他哈哈笑着说："你冲着亮，把纸反过来看。"我一看，原来是反写的中国字，是他的名字。我惊佩他这构想之妙。我悄悄对二伙计说："他可不是个凡人！"二伙计说："那又怎么样？连个小费都不给，老抠。"

我在书上看到过"唯心论"三个字，一直弄不明白是怎么回事。于是向鲁老客"就有道而正焉"。他说："还有'唯物论'哩，你听说过没有？"我摇摇头。他简明扼要地讲述了唯物论和唯心论在主观与客观的关系上的两种对立的观点，并说这是哲学。孔夫子不是教导过"君子不器"，什么学问都应懂一点儿。我对哲学穷原竟委起来。趁着上街办事，溜到大众教育馆图书借阅室去查找这类的书。果然找到了一本胡绳写的《唯物论辩证法入门》。薄薄一小本，很快地读完了。深入浅出，通俗顺达，那道理怎么琢磨怎么对，颠扑不破。我如拨云雾而见青天。兴奋之下，"入"了"门"，又登阶入室，《唯物主义和经验批判主义》《国家与革命》《论费尔巴哈》全被我囫囵生吞了。我说囫囵生吞，是因为这些书不再像"入门"那样通俗浅显。有的懂，有的似懂非懂，有的简直不懂。对这不懂，硬是咬着牙读，反复地读。不管怎么说，却也有了说嘴的，在我十五岁时，总算读过这些大部头的哲学著作。

我感谢那位鲁老客，是他启发了我。十五年后我在天津时，和一位出版社编辑聊天，说起了这段经历。他说："据你说的这位鲁老客，不知是不是我们出版社的原编辑室主任。第一，同姓。第二，是天津解放时进城的老干部。第三，同是干的文化一行。不是都沾边？只是你说的是瘦子，这编辑室主任却胖……也可能，以前小米步枪生活艰苦，后来发福了。"我问："他现在哪里？"他说仍在天津，在主编一本杂志。我请这位编辑朋友和他联系一下，问他以前是否到过临清？是否记得一个姓韩的学徒？朋友联系的结果，回答是否定的。不过我仍倾向于朋友的分析。可又为什么他要否定呢？我就不好臆测了。如果真是，唯有叹之以"失之交臂"。

我第一次听说，这种画法叫“西洋素描”。

事事如戏

一到冬天，四外乡里的推车挑担的棉花贩子鱼贯而来。这是上湾街各家货栈开始收购棉花了。棉花贩子是小本经营，赶集串乡，三斤五斤零零碎碎地从农家买来，凑成三五百斤，用轧花车轧去棉籽，然后运到临清卖给货栈从中牟利。

货栈人马全部出动，大张旗鼓收购棉花。我这学徒，更是马前卒子，跑前跑后，上蹿下跳，忙得团团转。喘息之余，却也忙里偷闲，冷眼旁观出不少乐子。常言说：人生如戏。不妨把这称为戏剧性吧。

且看棉花收购现场。

一个小贩担来棉花包，过了秤，谓之“毛重”，扎包工人把棉包抬进库房倒了后，再将包袱皮过秤，谓之“皮重”。“毛重”减去“皮重”，是棉花的“净重”。按斤算价，钱货两清。这是一般的过场戏。

又一个小贩担来棉花包，称过“毛重”。工人把棉花倒进库房。

这儿有个细节需要交代，工人倒棉花，是将棉包向上抖开，使棉花四下散落，这好比关卡上检查私货，棉花里的隐藏物再是也逃不脱。这一次，棉花里掉出两包粗点心和几块煮熟的红薯（价钱比棉花便宜得多），工人立即将点心和红薯藏到一边归了自己，只把包袱皮拿出过秤。小贩多赚了钱，工人占了便宜，各有所获，皆大欢喜。这很有点儿像三国戏里的蜀、吴联合抗曹。真佩服那小贩有着诸葛亮的智谋，硬是把本是倾向于货栈一方的工人给分化过来，一起对付货栈。

又是一个小贩担来棉花包，称过“毛重”，工人抬起棉包进了库房。这次一倒，棉花里掉落下来的却是几块砖头。这回唱戏的主角轮到那工人了。

他一手托着包袱皮，一手托着那几块砖，横跨在库房门口，一点儿都不带笑（好一个冷面幽默），郑重其事地、一板一眼地高声唱道：“称‘皮重’，一个包袱皮，三块——砖——头！”只这一声，那小贩立即成了什么角色固是不言而喻；而这工人俨然是对货栈忠心耿耿的红脸大忠臣。其实小贩的难堪也是自找，贪过了头，适得其反，一路受累挑砖头，落得个“赔了夫人又折兵”。

乱哄哄，你方唱罢我登场。下出戏该轮到货栈了。

棉花收购已毕，货栈由买为卖。买方是老客。俟其看货验收之后，方能将棉花捆扎成包，方能过秤交割。

老客本就下榻在货栈，验收之前的傍晚，大掌柜第一个出台，摆上酒席，先唱一出“鸿门宴”。酒足饭饱，又陪那老客同去戏园，看那真戏去了。

二伙计立马精神抖擞，冲我吆喝：“关大门！”“烧开水！”我立即跑进厨房拉起风箱呼哒呼哒烧起开水来。等我烧好开水，他们也扎束停当，有的拿杈，有的拿喷壶。开水一到，拥进库房，先用喷壶将开水喷洒在棉花上，然后用杈翻过一层，再将开水喷洒，再翻过一层。紧锣密鼓，火爆热闹，赛过一场“全武行”。不用说二掌柜是责无旁贷的指挥三军的统帅。二伙计早就摩拳擦掌，定似猛将闯阵所向披靡。大伙计如老兵临敌沉着应战，指到哪里打到哪里。管账先生垂垂老矣，也老骥壮心，奋力呐喊助威。当然，这是我的猜想，因为我一直在厨房里忙着拉风箱烧开水，自顾尚且不暇，何暇及人？当酣战方歇，一个个灰头土脸、汗水淋淋地从库房出来，足可证以我的猜想没大离谱。

往棉花里掺水，为何要用开水？谨向读者奉告：凉水洒在棉花上，只凝集成珠，再是也渗不进去。开水却能直透棉花纤维。若是洒过开水再晾上一夜的棉堆，是内湿外干，最易打马虎眼的。这一招儿要远比塞点心塞砖头高明得多，小贩与之相比，小巫见大巫也。

事后，我悄悄同二伙计说（以我的身份只能和二伙计絮叨）：“那晚咱掌柜领着老客去看戏，连我都看得出来是调虎离山计，你说老客意会到了没有？”二伙计说：“他傻？”我说：“那就是说咱掌柜也知道老客意会到了。为了面子，只是两下里都不捅破这层窗户纸。可我又不明白了，一桌酒席值几个钱；棉花斤两可吃着大亏哩，老客怎却故意装糊涂？”二伙计说：“亏不到老客身上，兴许还有便宜哩。”我恍然而悟，这不又是一出三国戏——蜀吴联合抗曹！可那曹操是谁呢？二伙计见我愣起了神，说：“以后好好学着点儿，你差得远着呢！”

上湾街上的三国戏

困兽犹斗

学生与学徒，仅仅一字之差。可学生是啥劲头？腾目高视、长啸慷慨、英才秀发、志凌云汉，大有以天下为己任之概。

我虽也曾因自己穿的大裤裆裤子而自惭，然终没脱却“学生”二字。可也有时为这大裤裆裤子而自傲，晋人王猛不就被褐扪虱？败絮其外，金玉其中。

再一瞧手里提着的别人撒尿的便壶，心里又是啥滋味？有时也自宽慰，本家韩信不也受过胯下之辱。话虽这么说，虽同为韩姓，韩信是韩信，我是啥？再说，如若韩信后来不是成为汉初三杰之一，不是封王封侯，这胯下之辱也就一钱不值。

从手捧书本到手提尿壶，使我感到像是俯仰由人的困兽。

困兽犹斗！

我曾想，不倒这尿臊便壶了，回家抡锄把去。这固然可图一时之快，可那一碗绿豆丸子求来的路条就这么白白地泡了汤？不行，这条道走不得！

再不求求二舅另找一家，可哪一家就不倒尿壶？弄不好，从尿窝里挪到屎窝里岂不更坏！再说怎么张嘴？二舅问起来，能说不倒尿壶？学徒干啥的？就是倒尿壶。

进退维谷。却也瞄到了一线光亮：只要一不怕苦，二不怕累（死还是怕的），咬紧牙关，一手提尿壶，一手练算盘，学会管理账目，熬个“二先生”。像吊死鬼找替身一样，再招收个学徒来顶替，不就得到“超度”了？于是抱定了“不入虎穴，焉得虎子”之决心。可是决心虽有，那一线光亮却渐渐地暗淡了下来。原来我那想法是一厢情愿，两年的时间里使我愈来愈清楚地看出了这商场也如官场，是“朝里有人好做官”。如是非亲非故，即使将算盘拨拉得像交响乐一样好听，也难挤上“先生”这个台阶的。除非有钱，可有钱谁又去当学徒？

不知是生而致之，还是学而致之，就是我也有着为一些青年学生所常有的、虽“痂”而嗜之成癖的心高气傲的穷毛病。似此，就算是当上“二先生”，怎能逢迎？怎能蝇营狗苟？明知“道不同不相为谋”，可我又拼命练那算盘，筚路蓝缕趋之若鹜。“君子固穷，小人穷斯滥矣。”我这拼搏已是乱了枪法。

在这岔路，进，往何处进？退，往何处退？前途渺茫，彷徨焦急。却又不能坐以待毙，总得有所举动。就像半夜里遇上“鬼打墙”，纵使徒然绕圈子，也得走。“走”就是“希望”，“希望”就是“走”，“走”与“希望”是合二而一。

我是死抱定了书本走。说真的，囊萤映雪，悬梁刺股，祖逖起舞，宗悫长风，这些久已入土的样板标兵，还真能逗起书呆子的傻劲。这时的书本对我来说有点儿像和尚的经。和尚多念一卷经卷，似乎就离西天佛地近了一步；我多读一本书，也似乎离那朦胧中的出路近了一步。

不仅如此，且还有实际方面的。比如，每当于书中有所发现、有所领悟，则欣欣然不知肉味。与书中人休戚与共，“痴及局外”，更

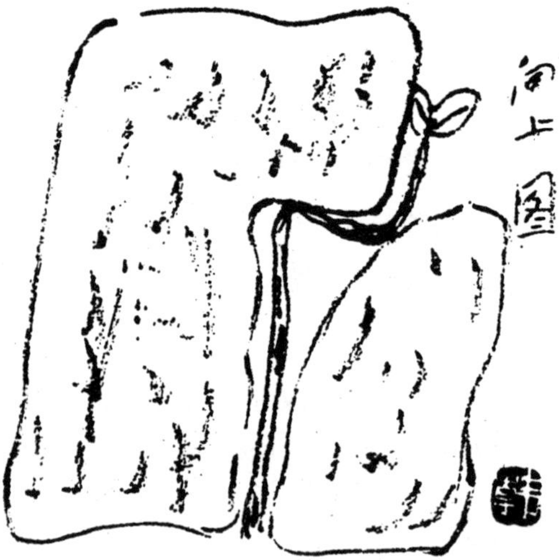

是陶陶然之情境诗境。浸沉其间，不啻隐遁于精神上的避世桃源。

然而，这又并非易事，我是“黎明即起，洒扫庭除”，日出而作，日落不息，哪来的空暇？弄不好还要听掌柜、伙计的吆喝：看那 ×× 玩意儿书有啥用？好好学你的徒。

没有空暇，就抢就偷。“明抢暗偷”，“抢”实则也是“偷”。就说这偷，想想也颇有趣，看那梁上君子偷来之物，无不挥霍浪当弃之如土；而偷来之情，却至珍重，毕生为之咀嚼回味。偷来的“时间”，更是惜之寸阴如寸金。这“偷”字也竟如人，命福命薄若此。

我的抢与偷，举几例以概其余。

一日三餐帮厨房师傅拉风箱，是我分内之事，却也是最好之读书机会。边拉边读，两不耽误。“君子远庖厨”，掌柜轻易不到这方宝地，厨师傅也深明不“越俎代庖”之理。于是，我得其所哉。

更得其所哉的是“打更”。这需先要说说“打更”的细末原委。为了社会治安，规定为凡成年男子都有义务夜间巡逻打更，是对民兵的一种协助性措施。风雨无阻，雷打不动。每轮到货栈掌柜，总是要我替代，打更一夜，允准睡眠半晌。我看出这是件好差事，不但掌柜的，连管账先生与伙计的也全包揽下来。他们是求之不得，我是欣然乐为，两全其美。

我打更，“醉翁之意不在酒”，当然是为了那书本子。打更每夜四人，分为两班。一班值上半夜，一班值下半夜。两班各有占便宜处，也有吃亏处。值上半夜的班，要不停地在街上转来转去巡逻，轻易不敢猫在更屋里歇息。因为查更的会随时出现，如给碰上，就要挨训，这是亏处；可一旦交了班，便可回家安然高卧了，这是便宜处。值下半夜的班，即使上半夜没有巡逻任务，也必须齐集在更屋，等候按时接班，这是亏处；可那查更的到了下半夜已人困马乏，酣然入梦，打更的再也不必担心查更的，上半夜睡了，下半夜仍可继续睡，这又是便宜处。凡打更者都要权衡两者之利弊，却又不谋而合都争着值上半夜，独我相反。

吃罢晚饭，夹起被褥，拿上长矛，洋洋焉，如脱缰之马、漏网之鱼。长嘘一口气：这一夜整个是我的了。赶到更屋，往灯旁一凑，两耳不闻窗外事，一门心思专读书。像关云长秉烛达旦。一百数十万字的《拜伦传》，边打更边一页一页地全装进肚子里了。

我仍依稀记得那时情景。先是更屋设在街西口的观音庙里。满地狼藉豆秸麦秸，浑身漆黑的观音菩萨在暗中似隐似现、如梦如幻。万籁俱寂，寒气侵肤，打更伙伴已蜷曲入睡，世间像是只剩了我一人。因伏桌久，全身固是酸麻，而脖子更是别扭，直僵僵的像是半瘫，一时再也转动不得。

后来又把更屋改设在街东口的一座孤零零的房子里。东边北边是庄稼地，南边是大道。听人说这附近曾出现过“甩唐”（这是临清方言，到底是哪两字，无可考，意即“鬼”。可能是用以避忌“鬼”字，而我却觉得这二字的字音反比“鬼”字更瘆人，大概由于生僻难解之故，比那熟套子的“鬼”字更富刺激性与想象吧）。在这儿打更，比起在那观音庙里就更多着“肃然而恐，凛乎其不可留也”之感。灯光如豆，窗纸破如败絮，旷野茫茫，冷月窥人，读着唯物论辩证法，想象着屋外可能出现的“甩唐”。事后想来，倒也颇具讽刺意味。尿憋急了，不敢独自出屋，就生计谋，用矛杆捅那熟睡的伙伴：“喂，有脚步声，是不是查更的？”这一手十拿九稳，伙伴总是一跃而起，抓起长矛，迷迷怔怔冲出门外。趁这当儿，赶紧撒尿。

“更”并非夜夜能打，书却需天天要读。因我独住一间小屋，因地制宜，被窝恰好为我所用。预先备好尺长木棍一根、木板一块。睡觉时，穿着棉袄棉裤囫囵钻进被窝，蜷曲了身体，将木棍支在胸前，下放木板，正好是个空当，能容一灯一书。将被蒙得严严实实，又暖和，又不易被发觉，顺势而转化，一石两鸟。刘伶说他“以天地为栋宇、屋室为裈衣”。我则相反，是以被窝为“屋室”。

仍是诸葛亮那句话：“凡事如是，难可逆料。”当我正苦熬苦读时，再也没有想到，半道上忽然杀出个程咬金。也是后来教育馆的同志告诉我的：“你知道不？我们早注意上你了，一个戴帽盔的小孩儿三天两头地来借书，而且是人不常借的书，觉着稀罕。”一天，我上街办事回来，二掌柜说：“刚才有个女八路找你来了。”说完笑了笑，笑得令人难以捉摸。就是这句话，使我纳闷了好几天。也是这句话，使我离开了上湾街。

戏园景观

百儿八十里的庄稼人，一提起临清，总是神采飞扬：嘿！那地方，三台大戏整年价唱。

我父亲和二狗他爹，合伙往临清贩卖粮食。走了一夜，一到临清，卸车、过斗、喂牲口。顾不上躺一会儿合合眼，立马兴冲冲奔向戏园。二狗的爹说："不看一回戏，是白来临清一趟。"

乡下庙会是啥成色，临清戏园又是啥成色。在乡下庙会上看戏，能把人挤成柿饼子。戏园子里，你猜怎么着？稳稳当当坐着看。好家伙，真享死福了，到底是临清。

临清有三个戏园子。两个是苇席搭成，一叫"前进"，一叫"民生"。一是砖木结构，叫"慕善戏园"，离上湾街不远。

如众星捧月，慕善戏园两旁是鳞次栉比的水饺馆、汤面馆、包子铺、烧饼铺、豆腐脑摊，烟、酒、花生、瓜子摊……戏园子里是叮哐铿锵的锣鼓声，戏园子外是各种腔调的叫卖声。夜晚灯火辉煌，越发显出临清的火爆热闹。

戏园子门口挂着一溜儿镜框，涂了红红绿绿颜色的黑白照片上是唱戏主角的英姿靓妆。镜框旁边是擘窠大字的戏报。说起戏报，也颇有小小文章。比如，今天是《白水滩》，隔了几天，是《十一郎大战青面虎》。这瞒得了乡下人，却瞒不了戏迷。戏迷嗤之以鼻：“《十一郎大战青面虎》不就是《白水滩》；《白水滩》不就是《十一郎大战青面虎》？倒粪！”（意即重复上演同一剧目）又隔了几天，是《四十八条腿》。戏迷们盯着戏报纳起闷来，这是啥玩意儿戏？买票看看，一看，又是《白水滩》。戏迷们悻悻地质问：“这哪儿挨哪儿，为啥叫《四十八条腿》？”戏园子里的人说：“我先问你，一只虎是四条腿不？十一只狼（郎）是四十四条腿不？加到一起你算算看。”戏迷们一想也对，乐了，花钱看戏不就是为的找乐子？

找乐子，不仅仅是看戏，还在于边看边吃。似乎看客一进戏园子就特别嘴馋起来，非吃不可，花生、瓜子，一片耗子嗑声，吱咯吱咯。更有摆谱儿的，从饭铺叫来水饺、炒饼大嚼。

最抖精神的是递手巾把的，侯宝林的相声曾描述得活灵活现。这是戏园里的一个行当（供给看客擦脸毛巾），也是戏园里一大景观。那递手巾把的同伙互递毛巾赛似打镖、接镖。一道白光，一捆手巾把从看客头顶上倏地飞了过去，又是一道白光，倏地飞了过来。有时还来个即兴表演，手往后一扭，将手巾把从背后甩出，这有说道，叫“苏秦背剑”。将腿忽地踢起，从胯下将手巾把甩出，叫“张飞骗马”……

直欲和戏台上喧宾而夺其主了。

那时唱得最走红的是李和曾，不说别的，只那一句荡气回肠的《逍遥津》导板，就值一张戏票钱。

再是“活张飞”马德奎。戏报上赫然大字“胡魁卖人头”（有须）。对这“有须”二字，我们货栈掌柜与老客的议论是：

“胡魁不是没胡子吗？”

“马德奎上了岁数留起胡子，总不能为了唱这出戏刮掉胡子吧。”

“可也是。”

“胡魁这一‘有须’，你猜怎么着？上了个满座。”

“这招儿真高。”

“依我看，这一招儿用到马德奎身上行，别人恐怕就不行。角唱红了，怎么都行，你们信不？”

无论李和曾或是马德奎，只要出台一亮相，台下立马睁大了眼，伸长了脖子，鸦雀无声了。那时的说法是：给镇住了。唱“帽儿戏”的可就难堪透了，台上你唱你的，台下我嚷我的，整个戏园里一片嗡嗡之声，“百家争鸣”。在这唱戏的与看戏的之间，似乎也应了《红楼梦》里林黛玉的那句话：“不是东风压了西风，就是西风压了东风。”

那时的有些戏曲表演，给我留下了深刻记忆。比如《活捉王魁》一戏里绕桌子转的情节，我曾在一篇小文里讲述过当时的印象：

敫桂英（鬼魂）与王魁四目相向，一个直前，一个后退，绕着桌子转。起始，尚还举手投足，随着愈转愈快，双臂下垂了，身躯僵直了，连脸部肌肉也凝然不动了。虽是迅疾地绕着桌子转，却似乎不再迈动步子，像是给旋风刮着动的。记得那时候，看着看着，倏地毛骨悚然了。一男一女，绕着桌子转，竟转得满台森森鬼气。

说来也简单得很，看那双臂下垂，身躯僵直，看那脸部肌肉凝然不动，只不过是模仿了一下僵挺了的死人躯体（这是人们曾看到过的）；再加上一些想象：让它直立，且动起来（这是人们从未看到过的）。就这么使"现实"和"想象"一糅合，使得两个本是人的样子的比起庙里的泥塑的青脸红发的鬼的样子更多着鬼气。

出"鬼"入化，可又不单单仅是为了装鬼像鬼。因为在这"鬼气"里凝聚着的是敫桂英的愤懑嫉恨，这"鬼气"实则也是怨气。而于王魁，则又成了冥冥中的谴责所施加给他内心的一种压力。一石两鸟，我赞佩第一个想出这个招儿来的那位民间戏曲艺人。

再如那戏曲中的丑旦，《拾玉镯》中的媒婆，《铁弓缘》中的茶婆，均由男角扮演。现下则多改为女角扮演了。由女角扮演固然更为"真实"，然而却总觉着有如麻辣豆腐少放了辣椒。说起我当年看的

《铁弓缘》，那茶婆棒打丑公子一场，直是噱头百出。茶婆用棒槌打跑了跟班小厮，截住丑公子。丑公子没了仗恃，下跪求饶，茶婆要他脱个精光方始放他。于是小丑摘掉帽子脱去长衫。茶婆要他再脱，小丑又复脱去短褂儿成了赤膊。茶婆要他脱掉裤子，这可难了。小丑百般忸怩，却更惧怕棒打，只好解开了裤带。这时看客心想，下一步怎么办？太寒碜人了。说时迟，那时快，随着茶婆猛然高举的棒槌，那小丑倏地将裤子褪了下来。男看客还好，女看客急忙用手捂住了脸。可是再也没有料到，里边却又另有一条裤子。茶婆要他再脱，小丑又是忸怩半晌，终于还得再脱。脱了，里边还有一条，就这样脱了一条又一条，看客笑了一次又一次。最后茶婆说："再赏你一棒槌。"将棒槌冲着小丑的屁股敲去，小丑用腿裆夹着棒槌逃向后台。

对那小丑（丑恶势力）嘲弄得可谓是淋漓尽致了。看得痛快，笑得痛快。试想，如是女角扮演的茶婆能如此泼辣？纵使能表演到如此泼辣的地步，看客能不有观赏活动中的心理障碍？我也看过现下由女角扮演茶婆的《铁弓缘》，却没了那令人捧腹的噱头，削足适履，憾哉憾哉。

可能有人会想，你是学徒，没钱没工夫看戏，可你写的这些，不俨然是个泡戏园子的常客？这的确也有饶舌的必要。

那时临清戏园子有个章程。是旧小说里写的，逢到荒年，财主富户每每舍粥，谓之"善举"。想来那当初给戏园子订章程的也看过旧小说，学来这一手。这章程就是：为了满足无钱买戏票的戏迷，戏园子散场前十数分钟，就将戏园大门敞开，不再要票，可以白看，这应算是施舍精神食粮之善举了。我曾不少次地沾过这“善举”的光。

掌柜喜欢看戏，三天两头地泡戏园子。有时有急事商量，去戏园子找掌柜成了我的专差。一到门口，说声有事找掌柜，也就通行无阻。开始是进到戏园就四下寻找，看到掌柜，立马凑上去，如此这般一说，又立马紧随掌柜走出戏园。尽管台上花花绿绿锣鼓喧天，再也顾不上扫它一眼。后来多了个心眼儿，是急中生智吧，进了戏园子，虽瞅见了掌柜，却假装没瞅见，一只眼作寻人状；一只眼盯着戏台，直是“项庄舞剑”。看个差不多了，也“找”着掌柜了。

对门油栈的学徒更有高招儿，他曾现身说法向我传授：

“你知道不，有一回我打着找掌柜的旗号进了戏园子，台上正武打得热闹哩，我就势找个座位坐下来。正看得起劲，你猜怎么着？一只手抓住了我的后脖领。我吓了一跳，一回头，是那个把门的胖子。那胖子说：‘戏台上有你掌柜的？你给我出去！’

“不行，我得想法斗斗他。我琢磨好了，戴上一顶帽盔去了戏园，又说是找掌柜，他又放我进去了。我知道他随后还会跟了来，我往人多处紧走几步，往地上一蹲，摘下帽盔坐到座上。我从人缝里瞧见那胖子悄悄进来了，睁大眼到处傻瞅，你想想，他能再瞅到那帽盔？这法儿特灵，你试试。”

我没敢试，因上了几年学，有了点儿书生气。正说着，是爱面子；反说着，是没有那个胆。

《聊城图片百年》中的这幅照片的说明是“1952年11月24日，临清镇人民法庭首次开庭公审贪污分子大会”。一看就知道是我在《信马由缰》一书中提到过的慕善戏园。这戏园，晚上是戏场；白天里偶尔也是干部开大会的会场。我学徒时不止一次地混进去看过“蹭戏”，参加工作后不止一次地在这儿听过报告。照片中的讲话者就是傅政委，我也不止一次地听过他的报告。

火柴论斤卖

两辆骡子大车和一位推着自行车的老客，一前一后进了院子。老客面生，可那大车拉的货一瞧便知，是火柴。不用问，是从济南来的。

老客进了柜房，我赶紧打洗脸水，泡茶。那老客仅和掌柜打个招呼，屁股没挨椅子又匆匆走出来，亲自指点卸车。以前的老客对此从不事必躬亲的。直待两车火柴堆满库房的整整一间屋、锁上库房门、打发了拉脚的大车，这才踱回柜房洗脸、喝茶、抽烟。

这时市面上正缺火柴，消息不胫而走。第二天就赶来了成群结伙的商贩。可老客发话了：先不卖。

第三天，老客招呼伙计们帮忙倒腾火柴，篓篓亲自过目，一顿饭的工夫，火柴从北间倒腾到了南间。

老客愣了神儿。

“我给大伙作揖了，再辛苦辛苦倒腾一下。”于是一篓篓又从南间倒腾到了北间。

老客傻了眼，倏地流下了汗珠子。

“我的祖奶奶，要是找不着了，可坑死我了！”

问他是什么，说是“十滴年”。

我问二伙计，什么是“十滴年”？

二伙计说：“是西药，好家伙，可厉害了，只要放一点儿在舌头尖上，立刻小命玩儿完。”

我说：“谁试过？”

他说：“谁他奶奶的敢试，听人说的。”

我问：“要这个干啥？”

他说：“嘿，这药贵老鼻子啦，配麻醉药离它不行。西边山里的八路军等着出大价钱买这个哩。”

二掌柜说：“别扯淡了，快想法找吧。可也是，你也不弄个记号。”

老客哭丧着脸说：“记号是弄了，可不敢弄得太显眼，要是给查住了，我有几个脑袋！你去齐河的黄河渡口瞧瞧，那国民党的卡子是闹着玩儿的？”

二掌柜打起哈哈：“你这药也真够‘神’的，先是和国民党‘藏迷糊’，这回又是和你‘藏迷糊’。”

你看我，我看你，一筹莫展，只好锁上库房，依旧是不卖火柴。

第四天，只好豁出去了：一篓篓、一包包、一盒盒统统拆开，来个古人所谓的“犁庭扫穴”。

一声令下，发一声喊，我们大剪子一抡，咔嚓咔嚓，地地道道的

“势如破竹”，那方方整整的竹篾篓子立即四分五裂。那纸包、纸盒更不堪一击，两手一掰，摧枯拉朽。真有些像李逵劫法场，不分青红皂白抡着板斧一路砍去的劲头。快哉快哉！想当初西楚霸王火烧阿房宫大概也如此兴奋吧？人，莫非天生有破坏欲？

火柴集成小堆，小堆堆成大垛。竹篾、竹叶、包装纸、火柴盒的残骸横七竖八狼藉遍地。

“十滴年”像《琵琶行》里“千呼万唤始出来”的商人妇，终于从一个火柴盒里蹦了出来。

老客抢起手指粗的小瓶也蹦了起来，脸笑得像花朵儿：“学徒的小哥，去馆子里叫桌菜，今晚我请客。”

这“十滴年”也真会捉弄人，一会儿让人丧魂失魄，一会儿让人欣喜若狂；一会儿急得要上吊，一会儿乐得像是捡了个天大的便宜，纵使是自家捡的自家的便宜。而且连货栈里的局外人也捎带着闹了个人仰马翻。

第五天，老客发了话：卖火柴。

可是火柴成了柴秸垛，怎么卖？

将火柴装麻袋，论斤卖。

打那以后好多天，也算是临清街上的一个景观：货摊上摆着的火柴，是用线捆成把儿，一把儿火柴搭配一个破火柴盒。

厨师傅

厨师傅姓史，圆脸，中等个。耳朵上夹着烟卷头，篮子往胳臂弯里一挎，两手一抄，大步流星上街买菜去了，浑身都是精气神。

为了献殷勤，更图谋上街玩玩儿，我自告奋勇，愿替他去买菜。他说："你干不了，买菜可有讲究哩。"二伙计背后训我："你这榆木脑袋，也不想想，厨师傅就仗着买菜刮拉油水哩。"

一日三餐，我帮厨师傅打下手，洗盘洗碗拉风箱。

我边拉风箱边看书，他总和我打岔："看那 ×× 书干啥，说会儿话。"我不理他继续看书，他却自顾自说开来："我说的是你书本上再也没有的。有一个学徒，呆头呆脑。"我一听是说学徒的，合上了书本，支起了耳朵。"老是挨掌柜的训：'吃死蝇子的眼，不看个眉高眼低，不长眼色！'训来训去，越发把学徒训糊涂了。有一天来了个胖客人，学徒打来洗脸水，那客人从坐椅上站起来弯腰去洗脸。大热天，出汗。嘿！那裤子夹到屁股沟子去了。学徒赶忙上前捏住裤子给抻了出来。一边捏着裤子一边瞅瞅掌柜，意思是说这该有眼色了吧。掌柜气得一皱眉头，你猜怎么着？学徒慌了神，忙不迭地又把那裤子塞回屁股沟子去了。”我笑弯了腰。一想，这不是冲着和尚骂秃子？

我说：“大师傅，我也讲一个。这可是书本上的。有一个在货栈里（比如像咱们东升厚样的货栈）做饭的大师傅，有一天在自己家里做饭，正准备切肉。他一手拿刀，一手托着那块肉翻来倒去地看，终于看准了一块地方，咔嚓一刀切下来，赶忙揣到怀里。他媳妇问他这是干啥？他愣了愣神，恍然大悟说：‘我忘记是在家里了。’”厨师傅也愣了愣神，明白过来，边笑边说：“奶奶的，你这是糟改我哩。”

说实在的，在货栈里唯独我们俩才堪称平等相处。大师傅自己也表白过：“我是侍候人的，你是学徒，也是侍候人的，半斤八两，你说是不？”

有一天，他叼着烟卷在剁馅。咚咚咚咚。烟卷一翘，嘴缝里冒出一句:“你说人活着是为的啥？”嘿！他还是哲人哩，探讨起人生来了。

他继续追问：“你说，人是为了吃饭活着？还是为了活着吃饭？”咚咚咚咚。

我说：“人是为了活着吃饭。”

他放下刀，不咚咚了，把烟头往地上一吐，说：“你说为了活着吃饭，那活着又是为的啥？”

我没词儿了。我让他说。

他说：“人是为了吃饭活着。你瞧，今儿是吃水饺吧。明儿又改了，吃滑熘肉片，吃红烧茄子。后儿吃……嘿，一天一个样，换着口味吃，活着不就为的这个！”

我说：“这是有钱。那没钱的呢，整天吃黑窝窝头，活着是为了吃黑窝窝头？”

他说：“今儿吃黑窝窝头，却盼着有朝一日发了财吃肉哩。你是学徒，你是为了学一辈子徒？不吧，你有熬头哩，熬个掌柜哩。吃黑窝窝头也有熬头哩，熬个将来的好吃好喝哩。”

“怪不得你学做饭当厨师哩。”我抽冷子还了他一句。

当时不知是吃饱了撑的怎么的，一个厨子、一个学徒竟然讨论起连西方哲人、东方圣人都难以说透的天道难明之理，真真可谓是愈是无知愈是无畏了。

大师傅还有他的人生观，他说：“人活一辈子，能管好自个儿就不错了。”这颇有儒家“独善其身”的劲头。“你管得了谁？谁听你的？老婆孩子能听你的？甭想！自个儿临死躺在灵床上，想想这一辈子没偷没摸、没害人、没坑人就行啦。你说是不是？”

对他的说道，二伙计背后另有议论：“他说管好自个儿就行啦，当然他要这么说。他老婆靠人哩，他管得了？别笑，我说的是真话，不信打听去。他的外号是这个……”他伸开五指划拉了几下。

大概是厨师傅惹着二伙计了，我想。

“招牌”小记

隔着窗玻璃，有好几次看到大掌柜、二掌柜、管账先生在一起叽叽咕咕。我“可使由之，不可使知之”。心里纳闷，八成有事，是什么事？

一天，二伙计胳臂窝里夹着块四尺长的招牌，单手扶把，骑着自行车，威威势势地一直冲进院子。我上前接了过来，一瞧，眼前“忽”地一亮，是宋萍轩的字。两天前刚刚听说，“东升厚”将要改为“瑞恒”，没想到说改竟改了，更没想到竟然是请的临清书家写的招牌。

先前的招牌是啥成色？不知是哪个倒霉人的手笔，又僵又板，令人作呕。且要天天挂上摘下伺候它，不想瞧也得瞧，不想摸也得摸，憋气煞人。

新招牌又是啥成色？相对之下，如醍醐灌顶，如吞梅嚼雪，气爽神清。二伙计本粗俗之人，居然办了这么一件雅事。

为什么对宋老先生的字一见倾心？这说来话长。我上学时，每周有一堂习字课，谓之“写仿”，即临帖，说不好听些是照着葫芦画瓢。

临的帖是《玄秘塔》。起始，尚还觉着新鲜，可周周月月地依样葫芦就腻烦了。愈腻烦愈临不像，愈不像，老师判给的圈圈就愈少。于是迁怒于柳公权。“心正则笔正。”可是水字旁的一挑为何多出个疙瘩？

按说怕临帖应与习字无缘了，可我又偏偏喜好画蚓涂鸦。人谓“戒骄戒躁”，不能潜心临帖，也就是病在浮躁。老师耳提面命，反使之道高一尺，魔高一丈。后来学校散了摊子，这下好了，再不临帖了，孙猴儿终于逃出了老君的八卦炉。木不受绳，金不就砺，也必然地使我毕生写字总像没有家教的野小子。

宋萍轩的字，不为成法所囿，不循规蹈矩，恰恰投合了我的腻烦临帖的脾性，从他的字里仿佛看到了我自己，可谓同气相求了。或牌或匾，盈街充巷。我每上街，穿行于马市街、锅市街等闹市区，如观赏宋氏书法展。已习惯了的凭记忆作画的“不得其法之法”派上了用场。粗细疏密之形，纵横跌宕之姿，飘逸自适之韵。冥追神悟，潜移默化。也于是乎发现，先前在学校的临帖，要之在于形似，被动地亦步亦趋，终于使之兴趣索然。而看，是走马观花，是悠然地欣赏活动，不乱目劳形，反而能感悟到那笔势中的高下抗坠之度、反复进退之态，应其节奏，而胸中跃跃了。这应了一句俗话：“程咬金抡斧子，各自一路。”这导致我以后的无论学书或是学画，重“看”不重“临”。在实践中虽千失也有一得，留待另节中详述。

话再绕回来，仍说招牌。不久听说，这“瑞恒”名号是新掌柜起的，闹了半天，竟改朝换代了。怪不得大掌柜、二掌柜、管账先生嘀嘀咕咕，我这“可使由之”的终于“知之”了。接着是引起了一阵莫可名状的怅惘。

据说新掌柜是清河人氏，当是《水浒传》里的武大郎、潘金莲的乡亲了。可这新掌柜像戏台上的大将出台，“急急风”锣鼓敲了大半天仍不露相，愈增加其神秘感，也愈增加了我对他的敌意。

按说从不相识，何来敌意？现在我边忆边思谋，也边觉得好笑，笑我有点儿像鸡。凡是喂养过鸡的都清楚，鸡排外欺生。如果在原来的鸡群中放一只新鸡进去，群鸡将会齐起而攻之。我不懂鸡的心态，我猜测，那原来的群鸡可能出于护食，出于自保，出于对打破了原来的秩序引起的不安，先发制人，不，应说是先发制鸡。是虽“攻”而实“守”，实则是弱者的表现。我这学徒，位处卑下，出于自身利益考虑，唯愿维持现存之原状。因为凭空多出一个掌柜，无异于又多了个婆婆，抑且又谁知这新婆婆是啥脾性？俯仰由人的弱者，怎能不思及于此！这敌意岂不有点儿“鸡性”？岂不也是出自自我保护的戒备心态？

有一天我上街回来，一进屋就瞅见大掌柜常坐的那把椅子上坐着一个老气横秋的胖子，大掌柜却坐在另一把椅子上。“鹊巢鸠占”，不免兴“式微”之慨，也明白了八九：是新掌柜了。真是邪门，莫非我的敌意竟流露到脸上？当掌柜介绍我是学徒时，那新掌柜眼皮也不抬，只唔了一声。我心想，好贼尖的眼。

招牌带给了我欣欣然欢快，与招牌密切相关的新掌柜黑脸秋风。

招牌招牌，“成也萧何，败也萧何”。

新掌柜随身带来一个学徒。他不喊“掌柜”，喊“大伯”，意即“嫡系”了，却又呆头呆脑。唯独一手机灵得很，每当新掌柜一拿起水烟袋，立马一个箭步跃上前去，哧地划着火柴点着火媒子，颇像《法门寺》里的贾桂。

二伙计哪头炕热往哪钻，对新掌柜毕恭毕敬，趋前随后，唯命是从，甚至不命而从。

对二伙计，对“贾桂”，我嗤之以鼻，讥为奴性。

后来读《红楼梦》，从书中却也瞅出了我的尊容。比如因了大掌柜而生出的对新掌柜的更大的敌意，岂不有点儿像大观园的丫头出自切身利害的“各为其主”，这岂不也是奴性？

田野的雨

一下雨，整个上湾街成了猪圈，咕叽咕叽，一踩就是一脚烂泥。西邻馍馍房的寡妇妹妹的哥哥，八成是馍馍卖不出去闲得无聊，少腔无调地唱个没完。瞅着流淌着的眼泪一样的檐溜，听着号丧的声腔，“凄凄惨惨戚戚”，烦透了。

烦，却使记忆出奇地活跃起来，浮现出另一个雨天景象。

下雨了，下雨了，这时整个天空里浓一块淡一块，就像没有染匀颜色的灰布，并且是湿漉漉的。雨点时缓时急地落着。雨点落在了田间干硬的小路上，落在了肥硕的北瓜叶上，落在了挺直的高粱棵上，落在了刚刚开始爬蔓的山药秧上，有时，还借着风势绕过草帽边檐打在我的脸上。这时整个田野显得多么嘈杂。高粱地里时快时慢地发出哗啦哗啦声，豆子地里发出轻微的唰唰声，北瓜地里响起鼓的咚咚声，有时又像是锣的当当声，可是当仔细地去分辨时，又什么都不像，只成了一片混杂声。

一阵微风刮了过来，路旁的豆棵的叶子像绸子似的飘动起来，接着北瓜地里骚动起来了，肥大的叶子在一起碰撞着、摩擦着，有的叶子被挤得翻转过来，露出了它的好看的黄绿色的叶背，不久它们又恢复了原状，安静了下来。一只幼小的蛤蟆像是被惊吓了，趺趺撞撞地从山药地里跳了出来，停在了一个大的北瓜叶子的下面，接着它又急忙地跳了两跳，隐藏到北瓜秧的深处。

天上的云也像是与田野里的骚动相呼应，不停地移动着位置，时而在浓的地方变得淡了，时而又在淡的地方变得浓起来。远处的村庄完全给罩在雨雾里了。一阵微风过处，雨点又大起来。散碎的雨珠在高粱叶上跳动着，在茄子叶上跳动着，在豆子叶上跳动着，在肥硕的北瓜叶上跳动着，在整个田野里跳动着。同时声音也越来越嘈杂了，高粱地里、豆子地里、北瓜地里、山药地里的哗啦声、唰唰声、咚当声汇合在一起，像是在呼喊，在吵嚷……

这不是家乡的小臧庄庄前？笔尖怎么糊里糊涂地又踅回到堂邑县去了？“信马由缰”“老马识途”“嘶马出门思旧乡”。

苗　庄

城里三天两头过乱兵，人心惶惶。“大乱居乡”，我们一家搬迁到城东苗庄村西头的一个远亲家住。住了一个冬天。现在尚还记得的是，有一天，我正在院子里站着，一回头，亲戚家那个老头儿正恶狠狠地盯着我对另一个人说：“像这个，要是我家的孩子，我准定天天黑夜打他的睡虎。”“睡虎”是土语，意即白天打，孩子可跑可躲，等睡下后打。这颇有点儿用兵讲究，出其不意抄老窝。我现在回想起那恶狠狠的眼光还有点儿毛骨悚然。可他为什么要打我“睡虎”？始终捉摸不透，这是终生不解之谜了。

幸好一开春，我们迁到苗庄东头，离开了这个恶狠狠的老头儿。

苗庄在官道南，与官道北的臧庄遥遥相望。这两个庄，可谓是堂邑县境里的一奇。每年春天刮大风，黄沙蔽天，这飞沙像是认准了地方，哪儿都不落，偏往臧庄落，或者飞过那官道，落在苗庄。庄稼人解不开这道理，只能叹口气说：神啦！

这飞沙，年复一年，在苗庄村里村外积淀成一个又一个沙土岗子。这沙土岗子虽然不长五谷，却是极好玩儿处。可躺可卧，可打滚可翻跟头，衣服再是也脏不了。抓一把沙在手，那沙从手指缝里会像水一样流得一干二净。拆洗衣服晒被褥，不用搭在绳上，往沙上一铺，晒干后抖一抖就行。把脚埋在晒热的沙土里，可治脚气，用新词说：日光浴。

沙土岗子上下四周，路旁篱畔，街里街外，房前屋后尽是杏树。我们刚搬来时还看不出什么。可一到春暖花开，景象焕然一新：铺天盖地一片粉红。

远远地看，黄褐色的土墙土房、淡黄微有闪光的沙土岗子，若隐若现在如烟如海的杏花丛中，飘忽其间的是缕缕炊烟，间杂以犬吠鸡啼。

晚饭后，月光下，杏花影中，聚聚散散，明明灭灭，当街都是人。老人们坐在木头梁上，汉子们蹲在粪坑沿上或石磙石碾上，妇女们抱着吃奶的孩子或是手中舞弄着线拐子，这里那里不时闪现一下烟锅里的火光，或是没完没了的带着痰音的咳嗽声……张家长、李家短，鸡不下蛋、母猪生崽，絮絮叨叨，鸡毛蒜皮，偏是嚼得津津有味。

村外的杏树行子里，月光亮如白昼。疏影横斜，暗香浮动，斑驳迷离，如幻如梦。孩子在笑，狗在叫。三个一伙五个一群的黑影，像鬼精灵，在杏花影中时而聚，时而散，时而无影无踪。孩子们在“藏迷糊”。

谁家的院落里，驴叫了。

大人们扯着嗓子喊：“该回家睡觉了。”

杏树行子里：“俺再玩一会儿。”

次年，还没等到杏树结骨朵儿，响起了枪声，日本鬼子打进了堂邑城。苗庄也人心惶惶起来，撇下宅院杏树，各逃各的。我们全家逃到郭庄。

午间一瞥

火日当天，铄石流金，小路上烫得脚底板生疼。玉米、高粱叶子一闪一闪，直刺眼睛，天上地上到处明明晃晃。

可一跑进村口。眼睛立时一阵发黑。哇哇的知了声，劈头盖脸地压了下来，脚下阴凉阴凉，浑身给染上一层绿色。

枣树行子里长满了各式各样的草，星星草、节节草、蒺藜秧，更多的是臭蒿子。

臭蒿子“忽”地晃动起来，吓人一跳。猛地伸出一个公鸡脑袋，直挺着脖子，瞪着眼，一动不动。不一会儿，又是一阵臭蒿子晃动，接着是母鸡的咯咯声。

不远处的瓜棚，像黑绿黑绿的深洞，那深洞里断断续续地响着纺线车子声和唧唧哝哝的说话声。

“庆喜家回娘家啦？”

“还没走哩。”

“前儿走的？”

“还没走哩！还没走哩！聋，偏爱打听。”

…………

胡同里除了墙阴凉儿，全是明晃晃。突然响起光脚丫子的呱唧声，从墙那边跑走了，是谁又去后坑下水去了。不一会儿，远远传来打扑腾的水溅声，还有叫声，拖着回音，啊——啊！

枣树行子旁的大槐树下，响着雷般的鼾声，不用猜，是“半分利”。天越热，“半分利”越是扛起锄头“下地”，目标是老槐树。一到树下，二话不说，放下锄，脱掉鞋，把鞋往锄把上一摞，头往上一枕，立马鼾声大作，入他的“南柯梦”去了。身上、脸上是爬上爬下肆无忌惮的蚂蚁。也有时他忽地醒来，边拍打边骂：狗 × 的，我还没死哩！

打记事起，也过了五十多个夏天了，半百之数，按说不能不算长了，可是对夏天，却只能写出这么短短的一点儿，多糟的记性！

唢呐声

田间小路两旁是豆地、棉花地、连绵不断的高粱地。远处的什么地方飘来阵阵唢呐声。

太阳落了。

在地里干活儿的人陆续回家了。

祖母、苏家五婶、李家二嫂走在前面，我跟在后面。

唢呐是大喜大悲之声。娶亲吹，死了人吹。傍晚了，还在吹，八成是谁家办丧事哩。

高粱棵的叶子哗啦哗啦地响。

前边传来断断续续的话声：

“卖包子的二臭的小儿死了，知道不？”

“哎哟，怎么死的？哎哟，哎哟！”

“不知是啥病，死了好几天了，多好的个小儿啊！”

哗啦，哗啦。

“二臭他哥那一房没孩子，他兄弟那一房就一个妮儿，三家就指望着这个小儿哩。”

“还不大哩。”

“刚刚一岁多点儿。”

哗啦，哗啦。

高粱叶子声淹没了话声。

嘟哇、嘟哇。

唢呐声又淹没了高粱叶子声。

似乎那卖包子的死了的小儿就在天边远远的什么地方。

我心里“忽”的一阵悲凉。又似乎隐约瞧见了那唢呐声，一起一伏地像波浪，在高粱棵的上空滚动着。搅动得高粱棵的叶子也一起一伏地像波浪，向远方涌去，朝向那落日余晖的天边涌去。

感乎中，发乎外

白杨，
衰草，
碧水，
晴空。
片片黄叶，
欢快跳跃，
争逐西风。
更为点缀秋色，
浓荫深处村女，
一抹桃红。

我把这几句诗，拿给家乡当年的一个小学同学看，他说：“转得真好。”

“转”读音 zhuǎi，是家乡土话，即“转文”。说话时不用口语，而用文言的字眼儿，以显示有学问。

真败兴，落得个“转”字。却也活该。《儒林外史》里的马二先生游西湖，如果不甩出那句“载华岳而不重，振河海而不泄，万物载焉”，不就少露出点儿酸相。

我又问：“你看这像写的哪儿？”

他说：“看不出来。”

我说：“像咱们城东吗？”

他疑疑惑惑地说：“是吗？”

怎么不是！出于怀旧，每次回家总要来这里到处走走。漠漠平林，暧暧村落，尚是依稀仍旧。妙也就妙在这“依稀”，“依前黄叶西风。”（晏殊句）这诗意不就来了。

回想当年，和二狗和李五和……不是整天价泡在这里！割草拾柴，扒瓜摸枣，掏鸟赶兔，吵嘴打架，拉屎撒尿……提起拉屎撒尿，使我想起来了，面对田野风光，小孩子的本事是“撒欢”。“瞧那杨树叶子滴溜乱跑得贼快，追啊！”“看谁先跑到树行子那头去！”“看谁嗓门儿大！”嗷嗷嗷嗷。长啸仍不足以尽兴，于是大喊：“拉屎了。”争相褪下裤子，“一二三，拉。”

感乎中，发乎外。小时候的招数是拉屎；识了字，却费劲了，咬文嚼字，作诗。

柳　姐

因生产队合并，臧庄的几户人家迁移到马庄，小臧庄消失了。

杂七杂八的玉米地、棉花地中间，一条直通马庄的大路边儿上，几棵大叶杨，几堆烂砖碎瓦，应是小臧庄的故址了。

我一边步量，一边“按图索骥”：这儿大概是马家，这儿是孙家，偏东一点儿应是关爷庙了。南边是瞎四辈儿奶奶家，再靠南是她家的枣树行子。仍有那条通向栾庄的小路。紧傍着小路就是长山奶奶家了。锄地、看庄稼时，口渴了，总跑去她家喝凉水。

“白面馍馍，白面馍馍。”二歪脖边喊边笑踉踉跄跄地从长山奶奶家跑了出来。接着飞出一把笤帚砸在他的后背上。“你娘是黑面卷子，砸死你！哈哈哈哈。”

这情景，历历如昨。

二歪脖如今也六十多岁了。砸他一笤帚的柳姐年纪轻轻的就死了。是邻家大娘大婶说的。打从她出嫁后成年价生病，撇下了两个小儿。

柳姐家住在长山奶奶的北屋。她家在城里十字街上开馆子，家里有钱，独生娇养。三伏过后晾箱，前院后院，花花绿绿全是她的衣裳鞋袜。

长山奶奶家有副纸牌。长山奶奶、柳姐、我，三缺一，玩儿来玩儿去上瘾了。渴了，往她家喝凉水；不渴，也往她家喝凉水。

有一天，她在院子里洗衣裳。闲说话间，冲我一笑说："怪不得人都叫你'奔儿头'，你真是个奔儿头。"我想起二歪脖的话，说："你是白面馍馍。"她低下头狠劲地搓衣裳，搓着搓着"忽"地站起来进了北屋，呜呜地哭了起来。长山奶奶在东屋里喊："咋啦？咋啦？"仍是呜呜呜呜。我一看事儿不好，赶紧溜了。

那时的乡俗，闺女到了十六七就该说婆家了，柳姐也有了婆家，兴许开春就要来娶了。

柳姐出嫁那天，借用我家的驴拉车送亲，我跟了去牵驴。她伯伯家的哥哥金平作为娘家人也去了。我正戏迷得上劲，不唱，嗓子眼儿发痒。金平会拉胡琴，胡琴随身带。在喜庆筵席上被人一撺掇，也恰投我所好，尽兴地过了一回唱瘾。看热闹的说："人家新媳妇娘家带来了吹鼓手哩。"

后来听长山奶奶说："柳姐三天回门时还说哩，那天在新房里听你唱得真真的。"

二杠奶奶

二杠奶奶年十六，二杠爷爷三十一。影影绰绰地听人说，过门那一天，没有花轿，没有吹打，贴几个红喜字，换件干净衣裳，晌午请几个远亲近邻吃顿饭，完事。

二杠爷爷家穷，二杠奶奶娘家更穷，要不怎么十六岁的闺女嫁给三十多岁的汉子？人穷了，什么也别说了。

过门的当天夜里，好事的人去听房。第二天，当新鲜事说开来：

“新媳妇吓得嗷嗷地哭。”

“从窗缝里瞅得真真的，新婶子连推带搡地从炕这头爬到炕那头，二叔也跟着从炕这头爬到炕那头。新婶子又从炕那头爬回炕这头，二叔也跟着从炕那头爬回炕这头，爬过来，爬过去……”

说的人笑弯了腰。

听的人也笑弯了腰。

二杠爷光棍一人时，顾了外头，顾不了家里，锅不是锅，灶不是灶。

可这二奶奶……有一天，我从树上摘了几个枣，见她家灶洞里正冒烟，拿了枣往她家灶膛里烧枣去。进门一看，二杠奶奶正蹲在灶前烧火做饭，锅盖上腾腾地冒着热气，可紧傍着锅沿，是盛着半盆尿的尿盆。

村里人说闲话，有时议论起二杠奶奶：

“二杠家也真够邋遢，买不起布穿补丁衣裳没人笑话。可水不花钱买，瞧那衣裳，瞧那手、那脚、那脖子，就不洗洗！”

“邋遢归邋遢，说真的，三里五乡还就数她长得好看。”

这话提醒了我，我方始留心，的确，蓬头乱发与积年污垢能遮掩住皮肤的颜色，却遮掩不住焕发的青春之气，尤其是那乌亮的眼睛。村里人的点拨，有如评论家评述艺术作品，由表及里，去伪存真，二杠奶奶竟原是璞中之玉。

1942 年，大灾荒年，二杠奶奶在劫难逃，死了。

有的说是病死的。

有的说是饿死的。

在二杠奶奶死去四年之后，我离开沙土窝的家乡到临清当学徒。有一天上街买东西，在锅市街上，突然从一家洋布店里闪出个衣饰华丽的姣好女人，应是掌柜太太吧，将一盆洗脸水泼在门口，几乎溅到我身上。错愕之间照了个面，那女人倏即闪回店铺去了。我心中一动，觉得依稀有些像谁。像谁？终于想起来了，像二杠奶奶。

我怅然有感，不由得想：假如二杠奶奶也穿上这掌柜太太的衣裳，梳洗梳洗……

天底下事，总是那么阴错阳差。如果没有在临清街上与那洋布店掌柜太太的偶遇，也许再也不会想起二杠奶奶。可是偏巧遇上那掌柜太太，致使现如今，还逗得我这年逾“耳顺”的老侄孙絮叨不休。

絮叨不休，实因不仅有所感，且有所悟。

本是半斤八两，同样长得好看的两个女人，一衣饰华奢，一短褐穿结，怎能不使人有老天何其不平乃尔之感。这感，也是哀，能不小哀喋喋？

二杠奶奶衣食不足而不知荣辱，整天忙着顾嘴顾吃，何暇留意于自己的“好看”，更何奢求梳洗妆裹？然而，丽质天生，污而不掩其皎。“短褐穿结”反而使这“好看”更“真”更“朴”。

掌柜太太衣锦于身，脂粉于面，天时地利全占了。俗谓“人靠衣衫马靠鞍”，此话固是不错。可这“衣衫”既帮正忙也帮倒忙。这“倒忙”就是使她的“好看”敷上一层雕饰气，弄得这“好看”不能不有了瑜中之瑕。

人之看人看事，总要揆之以情度之以理，掌柜太太和二杠奶奶同样长得好看的那“真”那“朴”那“雕琢”那“虚饰”，岂不都关乎着情，关乎着理，关乎着价值评判？

世间有各式各样的美，也有各式各样的说道，仁者见仁，智者见智。虽然“匪沐何洁？非熏何香”？（袁枚语）虽然“文辞所被，夸饰恒存”。（刘勰语）我却更看重于“天然去雕饰”。

公园里频频向人开屏的孔雀是美的，但我不喜欢，因为它太急于向人显示了。

《聊斋志异》的《司文郎》中，一漂泊游魂讲过一句高明话："然命笔时，无求必得之念，而尚有冀幸得之心，即此，已落下乘。"孔雀，下乘之美。

同一书中，说出"个儿郎目灼灼似贼"痴话的婴宁很美。她的美不是由于书中"容华绝代"的描述，而是在天真娇憨中透露出的 "丝毫没有留心过自己的美"的美。婴宁之美，上乘之美。

有心为之与无心为之，竟能如此影响到美的本身。

这是我在一篇小文中对"美"的看法。如果这看法偏颇，这偏颇，或许与二杠奶奶有关。

喊 街

父亲和祖母拌嘴，火气越来越大，嗓门儿越来越高。祖母突然甩出一句：“我喊街去了！”父亲蔫了。这话真管劲，直似“紧箍咒”。

喊街，不知是不是我家乡的独有乡风，反正我小时候见过。老汉或是老太太在街上边走边喊：“大伙儿听着，我家小子打爹骂娘哩！忤逆不孝哩……”按家乡人的说法，是让那小子“光腚推磨——转着圈丢人”。于是从家家户户门里探出头来，惊诧地你瞧我我瞧你，“怎么回事？”“怎么回事？”小孩子算是来了精气神，紧紧尾随在后，像正月十五元宵节看灯会一样兴奋雀跃。而“忤逆不孝”的儿子则蜷缩在家里畏之如猬，尴尬着脸，一时再也不敢露头。

人说：人生世事皆如戏。可唱戏人的嘴有时也真不听使唤，本想唱个一二三，一开口却成了四五六。

就拿这“喊街”说吧，为求个不平则鸣，为出口气，喊上一条半条街，嗓子哑了，气也消了，回到家里该怎么过日子还怎么过日子去，“民不告，官不究”。云散烟消，天下太平。如若破釜沉舟铁了心，那就一直喊到衙门口去。

我家东城门里的天齐庙就是个衙门（警察局的分局）。一天傍晚，一个喊街的老太太直冲那里走了去，看来是铁了心了。街上看热闹的立即蜂拥蚁聚。

“这不是西街上的二愣他娘吗！怎么回事？”

“这不，她喊哩，说二愣撒泼哩，打娘哩。”

“这个王八羔子！抓了他来。”

看热闹的义愤填膺，衙门里的人也义愤填膺。雷厉风行，说抓就抓。城圈不大，街巷不长，像戏台上走过场，不一会儿抓来了，推推搡搡进了衙门。

这时看热闹的，一双耳朵往两下里使劲，一是衙门口外，一是衙门口里。

衙门口外的老太太冲着衙门口里：“长官，他是畜类，不是人，还不如当初一生下来就掐死他哩。”

里边没有动静。

老太太躁急了：“长官，为俺做主啊，替俺管教管教啊！”

里边乒乓响了两下板子。

“对，对。打！可不能轻饶了他啊。”

里边杀猪般地叫起来。

“狠打，狠打，往死里打！”

里边的嚎声更凄厉了。

“活该，活该。这是报应哩。”

里边惨声叫起娘来。

“别叫娘，你没娘，你是石头缝里蹦出来的。打……狠狠……咳哟咳哟……打……打死才活该哩……咳哟咳……我我……打……我的……儿啊……我的儿啊！”突然，那老太太瘫坐在了地上。突然，看热闹的哄声齐笑起来。

谁也没有想到，老太太也没想到，“喊街”竟是如此收场。

戏，唱砸了。

二狗娘活得真累

和我一块儿拾粪的二狗，十二岁那年娶了媳妇。媳妇比他大五六岁，高一头。下地时，一前一后走在街上，人们悄悄笑问二狗：跟你“娘”干什么去？

二狗的娘是个烂眼，整天价流眼泪，不断地用袖口擦眼角，像哭。

有一天，我找二狗去，听他娘在屋里气狠狠地说：“谁再说你媳妇是‘娘’，就骂他个王八 × 的……你是她男的，知道不？她敢犟嘴，你就骂她。”

二狗拾了满满一筐粪，背到粪坑前大喊：“娘，帮我把粪倒了。”他媳妇从院子里跑出来，刚要伸手抬粪筐，他娘也紧跟着跑出来，气急败坏地说：“二狗家，快回去，有我哩。”这意思连我都觉察出来了，还是为的那个“娘”字。自从二狗娶了媳妇，他娘活得真累。

二狗的娘，早入土为安了。和我家合伙往临清贩卖粮食的二狗爹，也入土为安了。二狗的孩子也已娶了媳妇，而且有了孩子。

回家过春节，我去二狗家闲坐，和二狗边吸烟边扯些陈年谷子芝麻的淡话。他媳妇抱着孙子，在院子里捅捅这儿摸摸那儿，一会儿骂鸡，一会儿骂狗，再是也闲不住。女人老得快，已是一头白发龙钟老态了。黑壮黑壮的二狗，倒不显老。我忽然想起当年二狗娘的气急了的骂声，笑了起来。二狗问："你笑么哩？"我说："不告诉你。"

小牛头·苏三·玛丝洛娃

我家的街上，十天四个集。一、六是大集，三、八是小集。南乡里一个卖野药的，无论大集小集，逢集必到。黑瘦的枣核脸，撅着两撇小胡，浑身精气神。摊子上摆满大包小包，最显眼处有一物，是并在一起的两个小牛的头。一个牛头不稀罕，两个牛头就出奇了。人问，他说是“海里怪”。招引得不断地有人围拢来看。我每逢打这摊前经过，总要停下瞅瞅这牛头，琢磨琢磨这“海里怪”到底是啥玩意儿。

现在看来，稀松，那小牛头或者是双胞胎；或者是连肢，没有活得成，想是那老汉将牛头割下来连缀缝到一起的了。

我的第一本文画结合的小集子《闲话闲画集》出版时，编者建议就文画结合问题写个序，我遵嘱为文：

闲话闲画，有文有图。友人问：何以文而又画，画而又文？苦无以对，唯将幼时所听故事述之：一盲者、一跛者相处一室。

邻失火，火延及室。欲奔避，盲者苦失目，跛者苦病足。共商之，盲者负跛者于背，跛者掣盲者耳示方向，卒相偕逃离火窟。吾谓文画各有所短，文之不足，以画补之，画之不足，以文补之，系效颦盲者跛者也，并依意为图。是为序。

当时率尔操觚。就说那“效颦盲者跛者”，虽言之成理，终类搔痒隔靴。更确切些说，我所效颦，除了那故事中的盲者跛者，还有家乡集上那个卖野药的。

直到现在我还佩服这老汉的心机，他不像别的小商小贩大肆吆喝，却看准了“少见多怪”之隙，专去挑逗庄稼人的好奇心，凭着两个小牛头，竟“桃李不言，下自成蹊”，很卖了不少野药。

小商小贩的货，盼的是有人来买。文墨人的文，盼的是有人来读。在这一点上，无雅无俗，彼此彼此。卖野药的老汉虽没文化，却比文化人有招数，深谙招徕之道。

我写了一篇小文，将《玉堂春》里的苏三和《复活》里的玛丝洛娃比较了一番，一土一洋的两个人物在很多地方有着惊人的相似，是有趣的文学现象。对着文稿的一行行的方块字，自问会不会有人读？如何想法引人来读？那老汉的卖野药的路数倒是样板。借用圣人的话，“见贤思齐焉”了。

我画了一幅画：苏三和玛丝洛娃作喁喁私语之状。可能有人看了会问，戏台上的苏三不去“起解”，和洋娘们儿“侃”起来了。怎么搞的？噢！还有文哩，瞧瞧是怎么回事？他一纳闷儿，也就中了我的圈套，被诱来读文了。这画上的苏三、玛丝洛娃不就是那两个小牛头？

黑牙齿

姥姥家的小郭庄村西口，有座孤零零的奶奶庙，是个仅只一间的小庙。人们进村出村都打这庙前经过。庙门常锁着，供的神是“奶奶”。“奶奶”的两侧，一边是童男，一边是童女。双手合十，笑眯眯的。

那个童男，不知是哪个小子恶作剧，用香火将它的牙齿熏得黑乎乎。说来也怪，那童女一点儿也没有什么异样。可与那童女的面孔本是毫厘不爽的童男，就因了这黑牙齿，竟透出一股邪恶之气，愈是笑眯眯，愈是瘆人。

我再也不敢一个人进到这庙里来。可愈怕愈是想看，我扒开门缝往里瞅，在昏暗中，那白脸、那笑模样、那黑牙齿、那眼珠闪着光似乎在眨动了。

晚饭后上街找小孩玩儿，到胡同口总要往西瞅瞅。有一次，我瞅着那黢黑的庙影，忽地想：那童男趁天黑了也要出来玩儿的吧！瞅着瞅着，隐隐约约地“哐啷”了一声，莫非是庙门的门钉锅儿响？我撒腿没命地跑回家中。

沧海桑田，现下的小郭庄，不但没有那庙，就连庙基地也找不到了。可那童男的黑牙齿仍深深留在我记忆里。

和一位漫画刊物的编辑闲扯，像扯乱线团一样扯出了童年时代，也扯出了那童男的黑牙齿。我说："假如那个恶作剧的小子把童男的整个脸给抹黑了，则未必如此吓人。可就因了他仅仅涂黑了牙齿。比如我，你看我现在坐在这儿，本是与别人一样正常，仅仅是我的眼是鲜红鲜红的……"她笑倒在沙发上，说："你说两只鲜红鲜红的眼，我一想象，简直不敢再看你了。"

那个恶作剧的小子再也没有想到，"瞎猫踩上死老鼠"，正好触及到一个艺道中的至理：以少少许胜多多许。

胡 同

我们街上有好多胡同，宽的、窄的、深的、浅的、活的、死的……

小李五家在深胡同底，大门直冲着胡同口。从街上看去，像死胡同。可他家大门口旁边又有一个拐道，三拐两拐又拐到了别处，是活胡同。就是这个拐道，好多年里我一直怕它。

假如那天晚上，不往豆秸垛那儿凑，也就不怕这胡同了。

豆秸垛底下有一闪一闪的火亮，是困二爷在吸烟，旁边挤着几个小孩儿。

困二爷是二狗的远房爷爷，整天价迷迷怔怔。他吃饭最逗了，吃着吃着，眼皮就耷拉下来了，嘴越嚼越慢了，啪嚓，碗掉到了地上。

他们很说了一阵子话了。我跑过去时，小李五正在嚷："没有的事，你瞎编。"

困二爷说："你死了的三婶子就是回过你家，你爱信不信。"

别的小孩儿比小李五还着急："别你娘的乱嚷了，听困二爷说。"

“小李五，那时还没你哩。吃完晚饭，黑灯瞎火了。你大娘刚一开大门，一个妇道正要进门，两个撞了个头儿顶。你们猜是谁？他三婶子。”

我们争着往豆秸垛里挤。

“他三婶子一惊怔，急忙倒退一步，扭身躲进那拐道里去了。他大娘看得真真切切的，他三婶子紧贴着墙根，捂着纂儿（发髻）走得飞快。知道不？人害怕了不是头发根发奓么。鬼害怕了头发也奓，要不怎用手捂纂儿哩。”

“鬼还怕人？”

“人怕鬼，鬼也怕人，一个样。”

“人有什么好怕的？”

“怕人身上的阳气呗！”

“那他三婶子还回来干什么？”

“想家了呗，有牵挂着的事呗。你娘的，打破砂锅——璺（问）到底。谁知她为的啥？”困二爷不耐烦了。

我越思谋，李五的鬼三婶子越像是人。可又怪了，为何越像人反而越可怕？

打从听了这些，我觉着小李五家门旁的拐道里有股阴气。

我曾对很多人学说过，大人们的议论是：

“嘿哟，怪吓人的。”

“胎里困（困二爷的外号）亲眼瞧见的？”

“可我怎没听见李五他大娘活着时说过？”

“八成是胎里困胡诌瞎咧。”

“吓唬小孩儿呗。”

随着年龄增长，我越来越相信了是困二爷胡诌瞎咧，却也越来越佩服了困二爷的胡诌瞎咧。冷月秋坟，妄言妄听，数不尽的鬼故事在我记忆里已模糊一团成了一锅粥。独困二爷的寥寥数语，如沉沙折戟，虽积年锈垢，击之，仍铮铮有声。

五姥姥

我在郭庄大有画名，全亏了村西头的五姥姥。我给她画过一张“上关爷下财神”，她供在堂屋里，见谁和谁说：“这是韩小儿画的。”为画这张关爷财神，她给了我一把红枣，吃一个，里边有虫子屎，吃一个，里边有虫子屎。

五姥姥无所不知无所不晓，可惜的是，她讲的大都让我就着饭吃了。现尚能记得的是：迎喜神应冲东南方向烧香磕头。娶媳妇迎亲时，千万千万不要让女家打喜鸡篓子里的公鸡，送闺女的人家千万千万一定要打喜鸡篓子里的公鸡。看见旋风刮过来，要赶紧着冲它连吐三口唾沫。天上不只刮风下雨，有时还过元宝，碰得叮当地响，那就要看谁有福没福了。这过元宝曾逗得我财迷心窍，很往天上瞅了一阵子。

有一天，我正在后院里玩儿，东邻的黑狗隔墙喊我，说是都在当街烧香哩，是泰山奶奶生日哩。说完呱唧呱唧跑走了。我相跟赶了出来，到胡同口一瞧，姥姥们、妗子们黑压压跪满了一场院。

画这幅漫画的时候想起了五姥姥，那时画的关爷、财神，就是这个样儿的。

五姥姥独自跪在最前边，两手捧着香火，每一举起就唱一声“无量寿佛”。后边的姥姥、妗子们也跟着将捧着香火的两手高高举起，唱一声“无量寿佛”。

这阵仗，我们看呆了。

突然远处暴喝一声：“小 × × 孩子都滚下来，这不成了给你们烧香磕头了？”

经西院的大舅一喊，我们这才悟过神来，原来竟是站在了墙根高坡上，她们正是冲着这儿磕头哩。

村西口的有着那个吓人的黑牙齿的童男的奶奶庙，每到中秋节、五月端午节、腊月、正月，就庙门大开热闹起来。大人们来这里烧香磕头，小孩儿们来这里看大人烧香磕头。

像是法定了的，五姥姥总要跪在离菩萨奶奶最近处的供桌侧面。别的姥姥、妗子们自觉差着一个档次，挤着跪在供桌前面，挤不进来的，跪在庙门外。

别的姥姥、妗子们只是跪着烧香磕头，五姥姥是一边跪着一边絮絮叨叨说个没完没了：“郭二群家在门外跪着哩，她特意求告老奶奶保佑她儿媳妇添个胖小子，她许了猪头大供……丁四卯家可是个好人，她总说数咱庄的老奶奶最灵验了。”说着说着，热切地轻轻地抚摩起菩萨奶奶的脚。“东头的郭八两口子人性可不大好，我跟您说……”忽地探起身子，半跪半立仰起脸对着泥塑奶奶的耳朵，只见嘴动得飞快，一句也听不清。

尤二姐的死

“这里尤二姐心中自思：‘病已成势，日无所养，反有所伤，料定必不能好。况胎已经打下，无甚悬心，何必受这些零气？不如一死，倒还干净！常听见人说：金子可以坠死人。岂不比上吊自刎又干净？’想毕，扎挣起来，打开箱子，便找出一块金，也不知多重。哭了一回，外边将近五更天气，那二姐咬牙狠命便吞入口中，几次直脖，方咽了下去。于是赶忙将衣裳首饰穿戴齐整，上炕躺下……”

尤二姐并没有给我以太好的印象，可是当她生命行将结束的最后时刻，闪现出了一丝亮光。看她“金子可以坠死人。岂不比上吊自刎又干净”？看她“赶忙将衣裳首饰穿戴齐整”，别人作何想？不得而知，反正打动了我，且使我想起了一位老太太。

我家县城西北角有条偏僻小街，一个同学住在这街上，家里喂着一只大狗，每当找这同学，总要事先想法对付这狗。他家对面是高坡，高坡上的院子里住着个孤身老太太。这高坡颇符合兵家之说的“地利”。

拿上两块砖头，居高临下，进可以攻，退可以守（退到老太太的院子里）。

“地利”却不“人和”。

“你是谁家的孩子？闲不住，跑来这儿逗狗。”

“它咬我。”

“你砸它，它怎不咬你？！”

“它咬我，我就砸它。”

“你少往俺院子里躲，惹得鸡飞猫跳的，去！去！”

1942年灾荒年，有一天早饭后我去找那同学。依旧是老招数，捡起两块砖头，爬上高坡。傍着院门口的墙里有棵洋槐树，恰好遮太阳。我背靠墙坐下，呼喊了几声，等那同学出来。

等得烦躁了，有一搭没一搭地扭转身往院子里瞅了瞅，半人高的蒿草。只差没长到屋子里去了。我喊了一声：“喂，有人吗？”我想那老太太该出来了，可是没有声息。又似乎觉着身后的洋槐树上挂着件衣服。定神一瞧，立马吓得滚下了高坡。

大人们围拢了来，奔进院子，我再也不敢往前凑了，只听到院子里断断续续的说话声：

“前天还见她在门口坐着哩。”

“像是今早儿死的。”

“这老太太仁义，用衣裳襟蒙着脸上的吊，怕吓着人。”

…………

尤二姐想到的是“干净”。

老太太想到的是“怕吓着人”。

一簪缨世家，一草野小民，一小一老，却想到一起来了。

仅是“干净”，仅是“怕吓着人”？未必全是。更确切些说，应该是纵使人世遗弃了她们，她们直到最后仍没有忘记：人的尊严。

“回回输给大个子主任”

同班同学何宏志，每逢期终考试，总是不出前三名。

人的心理却是也怪。差距越是拉得大，反而似乎觉着没了差距，不攀不争了。按说我考的成绩也聊可告慰，可又总居于何宏志之后，每瞅着学校门口影壁墙上的排名榜，瞅着那毫厘之差的间距，不免懊丧：这回又跟在他后边吃屁了。

张惠信考得好，我不懊丧，因为他本就是中学毕业生，年岁也大出一截子，跟我们在一起混已是屈了材料。可何宏志和我们谁也不比谁多长一个脑袋，偏偏独领风骚。像太史公说项羽的“非有尺寸，乘势起陇亩之中”。

懊丧归懊丧，我却也并不真心倾服。书本那玩意儿是死的，考试题总跑不出书本以外去。不就是把那国语、地理、常识背个滚瓜烂熟？背书，难不死人。

使我真正佩服得五体投地的是他的象棋。

棋局可不像背书那么好对付。聚散进退，相生相克，奇正幻化，忽岭忽峰。虽是纸上谈兵，亦极尽杀伐之略。邵尧夫说得好："汤武征诛一局棋。"是斗智、斗胆、斗心胸。是艺，也是道。

同学中的败军之将，暗里串通，一齐上阵，"鸣鼓而攻之"。这"鸣鼓而攻"的"鼓"，就是每当赢他一子，则雀跃狂呼如庆凯旋，杂以秽言秽语笑谑嘲弄。意在逗其恼火，出"邪"制胜，够无赖够气人的了。

两下里均年少心盛，负气斗狠。怎奈乌合之众终不敌棋高一筹，反被他赚得个"蒋伯芳棍扫群雄"（那是我们耳熟能详的《三侠剑》中的回目）。

扫平了校内，又杀出校外，竟去和药铺掌柜——棋坛宿将对垒。虽然"老将出马，一个顶俩"，他却"初生牛犊不怕虎"。旗鼓相当，势均力敌。药铺掌柜惊叹："后生可畏。"我们骂："这小子成精了！"

有话则长，无话则短。

后来我去临清当学徒，他到济南一家颜料庄学生意。我参加工作后，他回了家，赶集串乡做小买卖，倒腾小孩儿帽子、鞋袜。

又后来听说，做小买卖是投机倒把、走资本主义道路，屡教不改，给抓起来送到南乡里劳改去了。

直到"文化大革命"结束，我回家得知，他已劳改释放。先是在村里劳动，后为镇供销社雇用当勤杂工。

上面这几行"无话则短"，实则不短。我扳起手指算了算，整整四十五年。

我家离十字街上的供销社不远，像戏台上走过场，迈几步腿也就到了。

彼此相见，套用书本上的话：髫龄相交，不想都已老衰若此。

“坐坐坐坐。”他边说边将炉旁的破凳移过来给我坐。顺手摞了两块砖坐在我对面。点着烟，还没说几句话，前边屋里突然大喊：“水开了没有？”他立马提起水壶冲向那屋里去了。回来刚一坐下，水又开了，他又匆匆提了出去。一看这忙碌的情状，我坐不住了，告辞出来。

相见不易。和另一个同学，还有几个年轻人，备了酒菜，邀他喝几盅。他找了个替家，请了半天假来了。几盅酒落肚，“话匣子”打开了，陈年谷子芝麻事抖搂开来。他指着我对年轻小伙子们说：“知道不？当年在学校里时，他的外号叫‘坏三儿’。”大伙儿笑，他笑，我也笑，这雅号连我都早已忘得一干二净了。突然，我觉着四十五年的时光倏地缩短了距离。

有一天晚饭后，和母亲还有前不久在外地当木匠退休回家的四弟闲说话。不知怎地扯到何宏志。母亲说：“何宏志这两年才算是熬过来了，唉！那些年没法提了。”四弟问谁是何宏志，母亲说：“十字街供销社里烧开水的。”四弟唔了一声：“是那个小老头儿。”我说：“别小瞧那个小老头儿，当年在我们班里，功课数一数二的。而且棋还下得好哩。”四弟说：“供销社的大个子主任一有空儿就找他下棋。

嘿嘿！听人说，回回输给那主任……”

“嘿嘿”是什么意思？像是话中有话。可也是，这棋中斫轮老手是怎么了？怎么回回输？

占个“勇”字

我们几个“画匠”，蹲在地头上聊闲天。在这旷野之地，最易放肆。聊的大多是男人觉着有意思、女人觉着不好意思的诸如此类。

老程嘻嘻了两声，说：

“早先在外村教小学。学校是座破庙。学生放了学，就剩我一个人在庙里。有一天黑夜，正改作业，隐隐约约的，似乎闻到一股香气。猜是什么香气？我赶庙会时闻到过，是女人脸上搽的那玩意儿的气味。

“我想八成是鼻子邪了门儿了，没在意。一会儿又是一股那香气，真真确确的，像是在窗户外头。再一闻，又没了。怪，怪！

“猜我想起了什么？忽地想起一出戏，是‘宝蟾’什么来？别笑，嘻嘻！说不定村里的哪个大闺女在窗外偷瞧我这瘸子哩。

“再没心思改作业了。一等到又有了那香气，急忙趴到窗台上往外瞅……”

“好家伙，有胆有谋。”我们笑起来。

“窗外漆黑，啥也瞅不见。又觉着那香气不是打窗外来的了，就在胳膊下头。低头一瞧，窗台上什么也没有，只有一瓶洋糨糊。我拿起闻了闻，猜猜怎么地？奶奶的！那香气原来是洋糨糊。”

大伙儿几乎笑岔了气。

我说：“你一说起洋糨糊，我也想起来了。小时候上手工课，老师打发我去取糨糊。糨糊，抓把白面用水调匀一煮就成，打夹纸，粘鞋面，家家离不开它，见多了。可这洋糨糊……我捧着糨糊瓶往回走，出于好奇，打开瓶盖瞅了瞅，甜丝丝好闻极了。闻来闻去，终于按捺不住，偷着挖了一指头填到嘴里，哎哟，又咸又涩。”

大伙儿且笑且挖苦起来，说这洋糨糊专逗弄土包子，又看人下菜碟。食色性也，逗得露了本性，却又是同样悲惨下场：幻灭。

《儿童漫画》编辑约我写一组评论丰子恺儿童漫画的小文章。有一幅《尝试》的画与我竟是不谋而合，使我想起了洋糨糊。小文如下：

> 瞻瞻，“白玉霜”好吃么？甜不甜？
>
> 我尝过洋糨糊，洋糨糊真好闻。可一放到嘴里，又咸又涩，真难吃，还挨了大人们一顿骂（这是我瞎说，老师根本没瞧见我偷吃洋糨糊）。
>
> 我想，你爸爸没有骂你，要不怎么还把你的这个样儿画出来呢。其实这有什么好骂的？不尝试尝试，怎能知道好不好吃。你爸爸大约也是这么想的。

听老师说，鲁迅先生讲过：“第一次吃螃蟹的人是很可佩服的，不是勇士谁敢去吃它呢？”我想这第一个吃螃蟹的八成是孩子。

“铁马冰河”

冬天上中学，最怵的是睡觉钻被窝。边解纽扣、裤带，边龇牙咧嘴，“嗷”的一声，像钻进了冰窟窿。

那时的家乡人，无论男女老少都不兴穿内裤，更甭说睡衣了。说是穿着衣裳睡觉生虱子。是从老辈子传下来的约定俗成，也算是一种乡风。

我参加工作后，也讲究起来，弄了条裤衩穿。可一丝不挂地睡惯了，辗转反侧，直如芒刺在身，忍无可忍，又悄悄把裤衩褪到被窝里。

此是后话。且说那中学时，有一天晚上，正在“冰窟窿”里蜷缩如猬，隐约听到操场里有杂沓的脚步声，那声音近了又远了，远了又近了……

一个同学为好奇心所驱使，披衣下炕，凑近门缝瞅了瞅，大声笑嚷起来：“瞧，博平县的那几个傻小子发疯哩！”我们也争相爬下炕去看。明晃晃的月光下，在空旷的操场里，几个赤裸的身影，正在蹿蹿跳跳。打排头的那个谢大耳朵弯腰如虾米，一蹾一蹾，尤为有趣。当他们跑近我们屋门口时，叫起阵来：“堂邑的小子们，敢吗？”

我们你瞧我，我瞧你，终于下了决心，把棉袄往炕上一扔，发一声喊：“敢！”也蹿了出去。

看来，什么都怕“愣种”，操场里的彻骨之寒也不例外。甩开膀子，挺起胸膛，一咬牙，豁出去，它也就没了咒念。

跑够了，呼哧呼哧地钻进被窝，那被窝里的冷劲反被我们给吓跑了。本是出之争强好胜，没想到竟悟出了钻被窝的窍门，以冷对冷，以毒攻毒，博平县的那几个小子可谓先知先觉。

前行后效，如星火之燎原，由几个人扩展到所有住校生。熄灯铃后，满操场里，黑的、白的、胖的、瘦的、高的、矮的、留发的、光头的、八字脚、罗圈腿……精赤条条，真真“唯大丈夫能本色”也。

奔腾澎湃，浩浩荡荡，如长风出谷，如决大川，大有“铁马冰河”之概。

再从临清写起

穆涛兄又问起“信马由缰”，这已记不清是第几次了。他笑眯眯的目光简直像鞭子。

人，最难招架的是“酒色财气”。其实，还有一样难以招架，就是“懒”。比如在下，两眼正紧盯着“戒之在得”哩，一不留神，懒竟抄了后路。不说了，这是什么光彩事？还是认真想想“信马由缰”打从哪儿写起吧。从哪儿写？反正再不去碰二狗了。有一次，他趁着酒盖脸，给我甩过来这么几句：“我说，三哥，你写的那玩意儿不怎么样。你说俺爹挖了一勺料偷喂俺家的驴。打人别打脸，揭人别揭短。知道不？”

我家东关外的河堤上，稚树新条，蔚然成林，倒是个可以入诗入文的好景致。回乡期间，几乎天天来这儿散步。“傍花随柳过前川”，颇得明道先生之乐。

有一天，两位扛锄的妇女喊道：“老先生想往哪村去啊？踅来踅去的，迷了路了？”

她们的好心逗得我好笑。

很可能她们更觉得我好笑：大白天里，这老头儿碰上“鬼打墙”了。

各笑其所笑。

要不再回到临清去。对，想起来了，那个女八路还等着我哩。就从那女八路写起。

有一天上街回来。二掌柜说：“有个女八路来找你哩。”二伙计也眯着笑眼问我：“听说是教育馆里的，找你干吗？”我思谋着：兴许是动员我参加工作哩。我所以作如是想，是因为早在家乡的时候，突然有两个八路军找到我家，说：“听说你会画画儿，愿意跟我们去吗？”他们刚一走，父亲说：“快躲快躲，别给抓了兵。”我一溜小跑，躲到了郭庄姥姥家。

女八路找我，找得还真是时候。这时我正不想在商号里干了。不说别的，就冲着那新来的孙掌柜也不想干了。整天价黑着个脸，像谁宰了他家的人似的。

不想当学徒往哪去？回家抡锄把去？好容易请了村长一碗汤丸子开了张路条出来了，傻子才回去哩。再换一家？怎好向二舅张嘴，说是孙掌柜秋风黑脸？说是当不了管账二先生？这不是找着去挨训。

一天过去了，两天过去了，好几天过去了，那个女八路再也没有露面。我去了大众教育馆。一个瘦子正坐着打盹儿。我说：“你们这儿有个女的找过我，我来问问什么事？”他说：“女的？是不是陈青？

陈青，是你找他了吗？”从里屋出来一位女的，说：“是我找过你，你愿意来我们教育馆工作吗？”我说：“我和家里商量商量。”她说：“好。”

编了个瞎话请假回了家，如此如彼告诉了父母。父母又告诉了姑家、姨家、姥姥家，还有要好的街坊邻舍“半分利”、二狗爹（还是绕不开二狗家）……为的是人多多个心眼儿，多个主意。然而，七嘴八舌，莫衷一是。

“说什么也别回家，回家来抡锄把？”

“抡锄把怎么了？收了庄稼完了粮，坐到炕头上去当王。”

“你啃着黑窝头当王去吧。依我说，还是去学生意，好歹熬个二掌柜，当个买卖人，又不出力气，又吃香喝辣。”

“你‘半分利’是个买卖人，吃香的了？喝辣的了？喝你的剩丸子汤去吧。”

“我看当八路也行，瞧人家王区长，骑着毛驴，挎着盒子炮，多抖威风！”

“要不怎么说是顶着一头高粱花子哩，就知道吃，就知道喝，就知道抖威风。钻头不顾腚。现在是啥世道，谁知道这世道以后会怎样？现下的济南府就是老蒋的中央军占着哩。人家的枪，是清一色美国造，一扳扳机，哒哒哒，二十响。八路是啥枪？老套筒、汉阳造。我亲眼见的，一挂子弹袋，一多半秫秸秆秆。济南府离咱这儿不就二百多里地，一迈腿就到了跟前了。”

“唉哟！唉哟！这倒是，说什么也别去那个什么馆里当八路去哟！”

说来说去，说得我心里直发毛。

回到临清，反多添了一件麻烦事，每逢上街，总要多走几步路绕开大众教育馆那个大门口。

冬　妮

商号里托老客从济南运来两匹阴丹士林洋布。惠及下人，我也分得了一丈五尺。手捧洋布，心花怒放。做件长衫穿在身上，岂不也俨然管账二先生，岂不也和锅市街、马市街上洋布店、百货店里的学徒一样文质彬彬了，岂不……

心急难捺，恨不得立即跑去锅市街求二妗子做长衫去。

二妗子将洋布端详来端详去，说："你冬妮妹妹待些日子就要过门了，把这洋布给了你冬妮妹妹吧。行不？我另外给你做件粗布的，反正你一个学徒的也穿不出好来。"她两眼死死地盯着我，盯得我不由己地说了个"行"，心里却是一百个不愿意。

这次去锅市街是乘兴而去败兴而归。

二妗子说得没错，待了些日子，冬妮妹妹过门了。婆家是隔壁镶牙馆刘家。虽然他俩青梅竹马两小无猜，不知怎地我偏偏认定了：不就是看上刘家的镶牙铺子了？！

那两天里，真是邪门儿。两个冬妮，总在我眼前晃悠。一个流着鼻涕，被我打得可怜巴巴地吱哇乱哭；一个戴着银镯子，两只黑洞洞像井一样深的眼睛。

此是后话了。我参加工作后，从临清调到邯郸，从邯郸调到保定，再也没有回过临清。有一年回家，我绕着弯儿问起了冬妮。从郭庄姥姥家得知，刘家镶牙馆公私合营了，混不下去了。冬妮和丈夫、公婆一起回了威县农村老家。不知怎地，我幸灾乐祸起来：活该！活该！

1962 年，又是回家在闲话中听母亲说，临清的二舅、二妗子老是拌嘴合不来，二舅回了郭庄单另独过了。我问冬妮呢？母亲说死了。我心里“怦”的一声，空了半截。

一碗豆浆

赵掌柜的侄子从威县老家来了。他自己说是来看望大伯的。二伙计、厨师傅说是秋后地净场光了，农村里没活儿干了，来城里吃碗闲饭。说吃闲饭，有点儿冤枉。实是什么活儿都干，是个不学徒的学徒工。二伙计、厨师傅称他为“少掌柜”，不识几个大字的准文盲也懂“皮里阳秋”笔法。

商号里买了半拉猪，大伙儿分了。要我和“少掌柜”分头送到各掌柜家里去。一大早，我们各自挎着一大篮子猪肉走出上湾街。漫天大雾，临清公园墙外的小路上铺满了一层落叶。有点儿冷。我跑起来，他也跑起来。篮子越来越重，不一会儿跑不动了。他呼哧呼哧地说：“你替我挎着篮子，回来时我请你一碗豆浆。”我说：“你替我挎着篮子，我请你一碗豆浆再加一个炸鸡蛋荷包。”他说：“你说了得算数。”我说：“大丈夫一言，驷马难追。”他一把将篮子夺了过去。我有点儿后悔了，又找补了一句：“不许放下篮子，篮子一着地就算你输。”我本想吓住他，没想到反而激起了他的倔劲。他斩钉截铁地说：“行！”大踏步往前走去。看着他歪歪斜斜的架势，我直念叨：这小子怎地还不放下篮子？

这回打赌，他胜我败。绕道吉士口，进了豆浆铺。看他喝一口豆浆、吃一口鸡蛋荷包，简直像咬我身上的肉。还没吃完哩，他又喊“再来一个鸡蛋荷包”。这小子真狠，逗得我动起了心计。我也喊“再来一碗豆浆”，喝了一口，连说“好烫好烫。方便一下去，回来喝”。到底乡下人好骗，他还坐着傻吃哩。我出了豆浆铺，一溜小跑回商号了。我为我这一招儿乐不可支。

到了半晌午，他含着眼泪进了大门，进了账房。我本已淡忘了这事了，又给勾了起来，躲进厨房里又是一阵子乐不可支。

直到晚上，再也没有看到“少掌柜”。我帮着管账先生结完账正要出去。二掌柜大喝一声：“站住！”我回头一看，本是带着俏劲的疤眼射出一股凶光。

“还没见你学出本事，倒学会算计人了。胆子真不小，算计起自家人来了。我看你是不想干了。不想干好说，卷铺盖走人！”

见我不吭声，管账先生说了：“你知道不？赵家大侄子一直等你，豆浆铺要收摊了，他还傻等哩。幸亏他带着钱，要是没钱，豆浆铺里还不扒他的衣裳？你哟！你哟！”

二伙计说：“上湾街瑞恒号里的学徒别的没学会，学会坑人了。啧啧啧啧！”

二掌柜还是那句话：“少和他讲这些，卷铺盖走人！”

劈头盖脸，一顿臭训。以我的“我错了”一句话为收场。

两天后，在厨房里又提起了这事。二伙计说：“在柜房里我也说你来，你知道不？我是替你给二掌柜消火哩。咱们私下里说，这算什么大不了的事，拿着针尖儿当棒槌。”

厨师傅说：“说好的一碗豆浆一个鸡蛋荷包。‘少掌柜’又要一个鸡蛋荷包，这不是明摆着想占便宜？许他在先，就许你在后。再说，做买卖就是算计人，不算计人怎能赚钱？学生意不就是学算计人？你二掌柜不算计人，往棉花包里掺水干什么？奶奶的！‘卷铺盖走人’，凭干活儿哪里吃不了饭？冲我说说看，我立马拍屁股就走。我不吃这个！”厨师傅好心好意替我抱不平，可最后那句话堵了我的心。我越想越堵心。“卷铺盖走人”，厨师傅不吃这个，可我呢？忽地想起不知是哪本书上写的了，“士可杀不可辱”。对，士可杀不可辱。又想起了大众教育馆。

一声京胡

“酒色财气”，我第一次听到是在说书场上。钱大喜一板一眼地说：“这‘酒色财气’乃人之四戒。话说回来，说归说，可谁也戒不了。”我听了不以为然。要说“财”戒不了，我信。我打从记事起就知道钱好。为了讨一个铜板，整天价黏着母亲，哭丧着脸，哼哼唧唧。大多时候是挨一巴掌。也有时候，母亲从衣兜里掏出个铜板一扔老远：“给！”于是精神抖擞扑了上去，眼前立即浮现出糖块、花生。可是“酒、色、气”是啥玩意儿？竟然还戒不了，我真纳闷儿。

到了学徒的年岁，仍然品咂不出“晚来天欲雪，能饮一杯无”趣在何处。可是每当面对大闺女小媳妇，又想看，又不敢看，这大概是“色”了。

二掌柜说“卷铺盖走人”。这不是逐客令？我可没有李斯的厚脸皮。这和小时为讨一个铜板挨一巴掌完全是两码事儿。越想越堵心，这大概是“气”了。这“气”劲一上来，还真不含糊，居然连中央军也不怕了。第二次又走进大众教育馆。

头回生，二回熟。那瘦子一见我就说：“来啦，正好馆长在哩。”一努嘴：“在里屋。”

我推门一瞧，一怔。在街上看见过，当时曾想：没想到土八路里还有这么儒雅的哩。更没想到竟是大众教育馆馆长。

让座后，说：“陈青找过你，是吧。怎么样？”我说：“我先来试试行不？兴许以后我不想干了，能让我再不干吗？”外屋里像是有笑声，我猜想八成是那个瘦子。

馆长也笑了：“干革命是自愿，不强迫。可是你还没干哩，却先撂下不干的话。可不可以告诉我，为什么会兴许不干了？不干了还想再干什么去？”

我脱口而出：“上学。”其实这是在说谎。

大众教育馆洪伟才馆长

他说：“你以为学校仍像以前，坐在课堂，听穿着西装革履的教授讲课？完全不是那回事。现在的学生是一年四季在乡下，一边配合搞中心工作，一边帮老乡干庄稼活儿，和咱们教育馆差不到哪里去。”见我半信半疑，又说：“我说的是实话，你也许不信。你如果愿意上学，适当的时候，还可以保送你去哩，这该行了吧。听图书管理员说，你读过很多图书馆里的书。读书是为的增长学问。可增长了学问又为的啥？是为了高官厚禄光宗耀祖，还是先天下之忧而忧，后天下之乐而乐？”

我肃然起敬了。他还读过《岳阳楼记》哩，一肚子学问哩。他问得很令我茫然，我从没想过高官厚禄，更没想过先天下之忧而忧、后天下之乐而乐，对一个学徒的来说，简直不沾边儿。

忽然，另个屋里响起了胡琴声。我一听京胡响嗓子眼儿就痒痒，就兴奋难捺。急切地问：“是谁拉的？”他说：“是我们馆里的老梁。”我竖起大拇指：“高！”他说：“他原先在前进京剧团里拉胡琴，不愿在剧团干了，要求来教育馆的。”

本已和馆长谈得颇投机了，一声京胡，又勾了我的魂儿。我毅然决然地说：“明儿我就搬铺盖卷来。”

其实还有一句话，没敢说，就是：冲着这胡琴，我也干了。万一中央军打过来，你们跑到哪里我跟到哪里！

回商号的路上尽想的是：让厨师傅瞧瞧，我也不吃二掌柜那一套哩！

从那时到现在已是五十二个年头了。履历表已填写过不计其数。每次填写都是“1948年参加工作”，现在也算是“离休干部”了。每想及此，不由莞尔，居然也混了个“离休干部”。表格上的“参加工作”是“参加革命工作”的省略语。可我那时哪有丝毫革命觉悟？又何敢革命？实是为了找个吃饭的饭门儿，再就是那一声京胡。

圉圉焉，洋洋焉

初到大众教育馆的头几天里，清早一睁眼，先舒一口气：再也不用挨屋提那尿臊便壶了。

可一到开饭，又有点儿败兴，窝头、老咸菜。

有所得，有所失。

分配我刻钢板，印宣传材料。活儿不多，尽有空闲。这下可好了，一头扎进图书室，饿汉子碰上了鸡鸭鱼肉。就凭这，算是与窝头、老咸菜扯平了。

正好赶上碧霞宫庙会。要搭宣传棚，要复制《蒋介石的一生》连环漫画。凡是会画几笔的齐上阵。馆长看了我临摹的画说："别刻钢板了，以后专画画儿。"就他这一句话，我拿起了画笔。到现在，一直拿了五十多年。

到教育馆的第二天，我们结伙看戏去。看惯了的慕善戏园把门胖子的横眉竖目，忽地满面笑容，还一个劲儿地吆喝：看茶、瓜子。这阵仗比我那掌柜还排场。嘿，太阳从西边出来了！

是后来知道的，大众教育馆专管审查各戏园子的上演剧目，审查其是否“有利、无害、有害”。俗话说：不怕官，就怕管。一个“管”字，硬是将戏园子把门的黑脸秋风弄成了满面春风。

我进教育馆，很像《孟子》中那句话：始是圉圉焉，少则洋洋焉。

几位老哥儿，小哥儿

馆址在锅市街。原先是一家店铺。临街三间门面是阅览室。从阅览室小门进去是院子。南屋、东西屋。办公、住宿、做饭全在这儿。再往后，还有一个小院，两间西屋和厕所。图书借阅室在大寺街的大寺里。

全馆人员有十多个。当时习惯称呼，凡岁数大的，姓字前加一“老”字；岁数小的加一“小”字。叫惯了听惯了，写来不妨仍依其旧。

本应先写陈青，可是我后脚进，她前脚走，只见过一面，失之交臂了。

且说老梁。“先声夺人”，一声京胡，逗得我立刻搬来了铺盖卷。可再也没想到，拉得这么一手好胡琴的竟是个又黑又瘦的麻子脸。难怪人说“文如其人”不说“声如其人”哩。一个唱迷，一个行家，一拍即合。客套刚罢，他抄起胡琴：“来两口怎么样？”我的嗓子眼儿也痒了起来，说：“我是瞎胡唱。”“唱什么？”“《让徐州》。”

“好家伙！言派哩。”

他离开剧团到教育馆，言人人殊。有的说：放着吃香的喝辣的不干，偏来吃窝头，不是思想进步是啥？也有的说：当干部比艺人有前途，老梁不傻，这个账还算不清？生活小组会上对他的一贯的批评是艺人习气老改不了，整天价不是说吃就是说穿。有人嘲笑他搽香脂。他反唇相讥：“麻子脸怎么啦？就不能搽香脂了？香脂不搽到脸上，搽到腚上？”有一次正吃着饭，他拉着长腔说：“以前在戏班子里，和肚子商量了：肚啊肚啊，你是愿意烧鸡驮苹果啊还是苹果驮烧鸡？今儿个也和肚子商量了：肚啊肚啊，你是愿意窝头驮咸菜啊还是咸菜驮窝头？”大伙儿逗他：“你怎地不烧鸡驮苹果去哩？”他说：“要不怎地说我是受苦的命呢！”

教育馆工作很杂。辅导群众文艺活动、编写街道黑板报宣传材料、有线广播、借阅图书、审查剧目、写标语画宣传画、布置会场等等，五花八门，一身数任。既消磨人也锻炼人。说好听些，是连踢带打；说难听的，是“万金油”。老朱说过一句煞风景的话：“这里是有能耐的不干，没能耐的干不了。什么部门都来支派你，是三孙子。”

这老朱，年岁最大，个子最矮。黑瘦的脸上瞪着两只大眼。头戴八角帽。我边瞅边琢磨：是帽子太大显得脸小了，还是脸小显得帽子太大了？

每逢在广场上召开全市群众大会，写标语、挂会标、布置会场，大伙儿驾轻就熟，咄嗟立办。唯独组织调动群众队伍，只能依靠老朱

韩羽（左二）在大众教育馆

大显身手了。一是不怯场，二是人矬声高。站到台口上，一声吆喝，赛如长坂桥上的张翼德。“吉士口的往东靠。”“大寺街的往前。快，快，听见了没有？”“竹竿巷的领队的呢？”气壮神旺，威风八面。

老齐悄悄说：“瞧他的威风劲。知道不！他以前妥协过哩。”我问何谓“妥协”？他说：“就是不革命呗。”据说他原先抗过日，有一次被日本鬼子追得满高粱地里乱窜，吓怕了，回了家不干了。日本投降后，又重新出来工作的。我正听老齐说得带劲，猛地不好意思起来。前几天，我不是也和馆长说过“兴许我不想干了时，能让我再不干吗”的话。“不干”不就是“妥协”？老朱干了半截“妥协”了。我还没干哩就先想“妥协”了。难怪打盹的瘦子笑哩，我真后悔说那句话了。

老齐是会计，参加工作前卖馍馍，都说他精得像猴儿，他推心置腹地说：“小韩，参加工作要是入不了党，是白干一辈子。”直到他说这话时我才明白，当八路与入党竟是两码事儿。可是为什么不入党就是白干一辈子？我弄不懂，也没再问，怕又说出冒傻气的话。

我属宣传股，股长老王，大个子，满面红光。说话时，老是喜欢搔头。他有一把手枪，因而会一手绝活儿，用废弹壳造手枪子弹。他的办公桌上除了钢笔、墨水，就是铁砧、锤子、钳子、锉之类。我出于卖弄，夸夸其谈：“咱馆里没有《资本论》。要是有，我也读了。”他说：“读书多是好事哩，但也不能好高骛远。”我心里说：总比鼓捣手枪子弹强哩。有一次畅叙心曲各述志向，他说：“我文化不高，自己知道多大分量，但愿能入了党，一辈子平平安安不犯错误就心满意足了，你呢？”我说想当个画家。他的嘴角咧了一下。不知是锉子弹壳在用劲呢，还是讥讽，我觉着脸上一阵子热。他又说：“画画儿不能只是临摹，得会创作哩。”“创作”是啥玩意儿？我正为能临摹得不走一丝样儿得意哩。今儿说别人不会创作哩，兴许明儿又说别人不会上天哩。本想和他要颗子弹，一赌气，不要了。

临街的阅览室，除了桌子、板凳和桌子上的报纸，四壁空空。我说："画些宣传画贴到这墙上不好吗？"他高兴地说："敢情是好！"这回说到一起了。"新官上任三把火"，露一手！日夜加班临摹漫画、宣传画。破败不堪的阅览室装点得五颜六色焕然一新。看到馆长脸上的笑意，比赏给一盘肉包子吃还痛快。老王也搔着头发说："小韩，有两下子。"我兴奋难耐，心想再来一手。想起了高尔基。毛主席、朱总司令的像人们太熟悉了，来个高尔基岂不别致？临摹了大大的一幅高尔基的像贴在了阅览室的正当墙，果然招引得人来人往。我正自鸣得意，不料高尔基没了踪影，心想八成是给人偷了。告诉了老王。老王说："是我揭的。"我一听火了："你凭什么揭？"他说："是市政府领导要我揭的。"我问为啥？他说："阅览室是公共场所，不能随便乱挂像。"我没了词儿。第二手没露好，栽了。

馆长姓洪，一见他我就有点儿自惭形秽，却又有事无事总想去他屋里坐一会儿。有时也想，人家会不会嫌烦？想着想着，仍不由己地推开了门。是因为我来教育馆是他接纳的，有知遇之感？是因为他是高中毕业生有文化？是因为文质彬彬风度翩翩？是因为他会拉《昭君怨》《雨打芭蕉》？可是据说，那个见了我总笑嘻嘻的精干的庄稼人样儿的宣传部长对他颇不感兴趣。为什么？我总纳闷儿。

小甄，比我小一岁，白白净净像个小姑娘，戴着近视眼镜。单纯开朗，无忧无虑，令人羡煞。他家住临清市，家境宽裕，娶了个大媳妇，总不回家。人们逗他：“你要是再不回家，媳妇可要跟人跑了。”他爱和人逗，人们也爱和他逗。他到哪里，哪里就爆发出笑声，有了他，教育馆里似乎明亮了许多。

小张，老老实实，专司有线广播。山东话改造的普通话，如橘之为枳，本是“临清广播站广播啦”，听拧了，就成了“临清王八蛋广播啦”。

老陈，岁数本也不大，不知为什么，都叫他老陈。留着大分头，军帽扣在后脑勺儿上，白衬衣领子总翻在外头，两手总是插在裤兜里，罗圈腿、小碎步，有着一股帅劲。

我来教育馆第一个看到的那个瘦子，姓王。是不久前从外单位调来的，管借阅图书。整天价似睡非睡似醒非醒。二十大几了还没媳妇。他说要娶媳妇了，在星期天举行婚礼。大伙儿笑他：“你不是做梦娶媳妇说梦话哩？”“×，你们才说梦话哩！”“媳妇是哪里的？”“车园里的。”看来是真的了。大伙高呼祝贺，兴高采烈，这下可大吃一顿打打牙祭了。

到了那天。都是布置会场的老手，对付一个结婚礼堂，简直是小菜一碟。早早地去馆子里定下了一桌酒席。万事俱备，只欠东风了。

等啊等啊，等到九点了，等到十点了，等得肚子饿得咕咕叫了，还不见新媳妇的影儿。戴着大红花的新女婿直想哭。

怎么搞的？大伙儿着急了。打发人去了车园。回来的人说，人家女方后悔了。大伙儿一听，炸了营。找她家说理去！个个义愤填膺，直奔车园，丢下了新女婿孤零零一个人。

八成是女家也自觉理亏，她娘儿俩正恓恓惶惶地坐在屋里。我们七嘴八舌嚷开了。

“你们当初同意了没有？对呀，同意了又反悔，像话吗？”

“这是婚姻大事，可不是小孩子过家家，想一起玩儿就玩儿，想不玩儿就不玩儿。”

“俺们老王怎么了？是工作干部哩。你们这么一折腾，叫俺们老王的脸往哪儿搁？”

“老王正哭哩，他说他丢不起这个脸，要死要活哩。”

她娘有点儿害怕了，和她女儿叽咕了一阵，说：“俺是想再拖些日子。还没做新衣裳哩。”

我们一听，趁热打铁：“新事新办，一切从简，这身衣裳就蛮好。”就这样，将新媳妇前呼后拥接了回来。

本末倒置。还没举行婚礼哩，先忙着嚷：快快，快去叫馆子里上菜！

事后，我思谋着，本说得好好的，新媳妇为啥又变卦？是不是也怕中央军打过来？

碧霞宫庙会

庙会都一样。唱戏的、耍猴儿的、拉洋片的、说大鼓书的、卖香烛的、烧香磕头的、押宝的、剃头的、要饭的、卖炸糕的、卖火烧的、卖水饺的、卖凉粉的、卖丸子的、卖油条的、卖包子的、卖花洋布的、卖针头线脑儿的、卖鞋帽的、卖杂货的、卖花生的…… 一口气说完得憋死。

论起看法，却见仁见智。困二爷说："有个老汉料定闺女、媳妇早盼着赶庙会了。到了庙会那天，说：'等会儿带你们赶庙会去。'说完出去了。不一会儿买回两个夹肉火烧。这时闺女、媳妇已穿上新衣新鞋等着了。老汉说：'给，吃。'等她俩吃了夹肉火烧，老汉从地上抓起两把土撒了她俩一身。说：'赶了庙会了，干活儿去吧。知道不？赶庙会就是吃一顿好的挤一身土。'"

有的老汉看得更进一层，疾言厉色地训斥闺女、媳妇们："上庙会干啥去？和人蹭腚蹭膀子去？"

婶子大娘的说道是："上庙会不就是看人呗！"的确，熙来攘往，摩肩接踵。可是，看人又何必定去庙会？百思不解，姑作别解，以圆其说。

比如，年轻小伙子八成会说："上庙会看戏去。"可别真信了他的话。固然，戏迷小伙儿会一眨也不眨眼地盯着戏台。可这戏迷小伙儿百不挑一。更多的是不戏迷小伙儿。不戏迷小伙儿可没耐心瞅那戏台。瞅哪儿？哪儿有花花绿绿往哪儿瞅。

大闺女小媳妇上庙会，瞧不瞧人？不敢乱说。说让人瞧，八成近似。穿上新衣新鞋，梳头抹粉干什么？不就是为的让人瞧去？可是瞧归瞧，不能狠瞧。千万不能瞪着傻眼死盯。死盯，就要骂了。看来是：既想让人瞧，又不想让人瞧。

说碧霞宫庙会哩，说走了嘴，废话连篇了。言归正传。

去碧霞宫赶庙会，是教育馆的任务：微服私访。

摘下大檐帽，包上羊肚巾。走出竹竿巷，过了卫河浮桥。麦垄飘香，柳梢新绿，好一个"阳春召我以烟景"也。大路上，小路上，推车的，挑担的，大伯二婶，七姑八姨，前呼后喊，驴鸣狗叫，好个活生生农村欢乐画图也。

我们一伙，嘴也不闲着。有的仿着老齐，高喊："卖馍馍！"也有的拉着长腔："甜——瓜！"老朱大骂："狗 × 的，我揍死你！"因为老朱的爹卖过甜瓜。老梁一本正经地嚷："我可先说下，小甄，还有你，小张。到了庙会上，你俩可不能和我在一起。要想和我在一起，得请客。”人问为什么？他说：“和他们在一起，我吃亏。”人又问为什么？他说：“你们想想，他俩脸白，我的脸黑、又麻。弄在一起不更衬得他们的脸白了？不更显得我的脸黑了？”

看到了柳树间隙里的碧霞宫庙顶。市声嗡嗡如蚊了，继而轰轰如雷了，又继而轰轰声成了此起彼伏的吆喝声，我们到了庙会上了。

庙会上种种，略过不提。撮其要，记所见所感。

宣传棚扼据津要，可谓“襟三江而带五湖，控蛮荆而引瓯越”。与香烟缭绕人声鼎沸的碧霞宫傲然对峙。

我们进得门来，先是一怔。在四围的漫画、宣传画中间，在杂乱的人群里，端端正正地摆着两个摊子。一个是卖烧饼的，一个是卖豆腐脑儿的。那卖豆腐脑儿的，肥头大耳，挺胸腆肚，活像一尊弥勒佛。

“好家伙！不请自来了。”

“你们也不睁眼瞧瞧这是什么地方？！”

“快走，快走！再不走，撊摊子了！”

在呵斥挖苦声中,那“弥勒佛”和卖烧饼的急忙收起摊子夺门而出。

看来宣传棚无人看守是不成了。商量的结果，合适人选当然是老朱。老朱哭丧着脸答应了。我们在人群里走出好远了，隐隐约约地听到老朱的嚷声：谁要是再往席棚后边撒尿，抓起他来！

拉洋片的算是我们的一个目标。再具体点说，目标就是那个由四根木腿支撑着的大箱子。箱子上有一排孔洞，看的人就是从这孔洞往里瞅。拉洋片的使出浑身解数，一边用脚敲打乐器家伙，一边倒腾掉换箱子里的画儿。嘴尤其忙活。听吧：

“往里边瞧来往里边观，怕媳妇顶灯还跪着砖。”咣咣咣，咣咣咣！

“往里边观来往里边瞧，二八佳人剃了个光葫芦瓢。”咣咣咣，咣咣咣！

“看喽，看喽，看洋娘们儿洗澡喽！”

连唱带嚷，大有“语不惊人死不休”的劲头，却也逗得人们迫不及待争着往里瞅。没看过的问看了的，是啥？是啥？看了的嘻嘻一咧嘴，无可奉告。

箱子上面有个天窗，盖着一半留着一半。这是关要处。盖板往后一移，箱子里是前半边亮后半边暗，看见的是正面的画儿。盖板往前一移，是前半边暗后半边亮，显现出了背面的画儿。那背面的画儿上都是些什么？借用鲁迅先生书中的说法：有两个人光着身子仿佛在打架。

我和老陈分在一起。老陈是老同志，我是新同志。新老搭配，以老带新。我当然唯老陈马首是瞻。

老陈冲着目标挤了上去，我也紧跟着挤了上去。付了钱，就往那孔洞里瞅。“项庄舞剑，意在沛公。”“沛公”就是“光着身子仿佛在打架”的画儿。那拉洋片的唱着唱着，“嘿”的一声，铃铛一响，移动了盖板，高楼洋房大马路倏地成了“沛公”。我们如获至宝，兴奋地嚷：“收拾摊子，跟我们走一趟！”拉洋片的正唱得忘乎所以，一怔，“俺咋啦？”“跟我们走一趟你就知道了。”他问是哪儿的？

我们说是市政府的。一声“市政府的”，如晴天霹雳，本和我们混杂在一起的人们，一下子倒退了好几步。远处里的却又挤了上来，愕然地、惊恐地盯着我们。

那拉洋片的死把着箱子不放。我怒目而视。这才看清了他的脸。皱纹纵横和掉了两颗牙齿的嘴。按年岁说，应是我的叔叔大伯辈了。他的腿弯了一弯，像是要跪下来了：“长官同志，高抬贵手……”我瞅了瞅老陈。老陈斩钉截铁地说：“走，跟我们走一趟！”

我们刚一抬步，人群“唰啦”闪出了一条胡同。

把拉洋片的带到宣传棚里，没收了“沛公”，狠训一顿，放了。

以后的好几天里，脑子里老是不时地浮现出人群“唰啦”闪出一条胡同的情景，并立即感到飘飘然。这大概就是像描述动人的乐曲的那句话，“余音绕梁”吧。

可是总又掺杂着皱纹的脸和弯了一弯像要跪下来的腿，使我想起家乡的叔叔大伯们。

用语言或文字讲述物象的具体状貌，不如绘画、照片得心应手，正如刘勰说“才非短长，理自难易耳”。

《信马由缰·碧霞宫庙会》一文的后半部分，是讲述“拉洋片的”。“洋片”是啥样儿？又是怎个去“拉”？我边写边嘀咕，这么写人们能看明白么。这土不土洋不洋的玩意儿早已自生自灭了，可是它又确确凿凿在从前的农村庙会、集市上出现过。在碧霞宫庙会上就出现过，我们赶庙会就是冲着它去的。在《聊城图片百年》中意外地发现了“拉洋片的”，百闻不如一见，像似又回到了碧霞宫庙会上。

遛河沿

卫河纵贯临清，直通天津。人说是“临清八景”的一景：卫河烟柳，我说“看景不如听景”。

卫河的水，水质好。有多好？爱喝茶的老梁说：就冲着这水我也要坚决为临清服务到底。

我喜欢去卫河边上溜达。河里有许多船。小时在家乡没见过，稀罕。

看那船上，三两个赤膊壮汉，将篙高高举起，猛地戳入水中。拄着篙，咚咚咚地跺着船板，从船头跺到船尾。然后，拔出篙来返回船头，将篙戳入水中，再从船头跺到船尾，在咚咚声中那船渐渐地远了。赶上顺风，挂上风帆，由风相助。撑篙的汉子，或坐或卧，或叼烟袋，或唱小曲，悠然自得。我目迎目送，直至“孤帆远影碧空尽”。

停泊着的船，尽可从容地看，看那船家提着木桶打水，倒在船板上。水漫流过船板又流回河里。然后抄起拖把，一来一往。夕照中，船板油光锃亮。我叹口气：俺们庄稼人整天价在土坷垃里打滚儿，这船家，一尘不染！我无数遍地弯着腰往那船舱小窗户里瞅。“管中窥豹”，有时瞅见花被褥，有时瞅见盆盆罐罐，有时瞅见小桌上的马蹄表、花瓶儿……舱后的缕缕炊烟、女人孩子声、咯咯鸡叫声，张志和“浮家泛宅”之趣隐约其间。

在我看来，与船堪可“平分秋色”的是河里的活物儿。

一天中午，阳光灼人，水平如镜。我在柳荫下读书。偶一抬头，瞧见不远处的河水里，戳着一截黑乎乎的小橛橛。我想八成是漂浮着的枯树枝。又低头读书。没料想，当我又瞅了一眼时，那个小黑橛橛的旁边又多出一个小黑橛橛。我细察，那小黑橛橛的顶端似有两只小眼。竟是活物儿！不用猜了，是王八（它现在文雅多了，叫甲鱼了）。

我见过横趴着的王八，从没见过竖立着的王八。这家伙们直挺挺地立在水中，而且将脖子伸出水面。嘿，卫河里的王八，神啦！

傻头傻脑，一动不动。它们想干什么：莫非是在瞅我？好，瞅吧！我死盯着它们，它们似乎也死盯着我。盯来盯去，“相看两不厌”，终于使我厌了。换个玩儿法！我悄悄抓起一块砖头，猛地砸去。一声水响，那小黑橛橛倏地没了。可一忽儿，又戳了出来，一动不动了。我心里发狠：不信我就砸不着你！又抓了块砖头砸了过去。随着水声，小黑橛橛又倏地不见了。一忽儿，又戳了出来……

吃饭的时候，我兴冲冲地如此这般地对老梁述说一遍。老梁说：“你说是逗王八哩，说不定是王八逗你哩。”

顺着卫河东沿往北三四里处，又是临清一景：孤塔夕照。据说塔已歪斜。又据说塔倒时定要往东倒，定要砸死一个戴草帽骑毛驴的。人们互相告诫：千万千万不能骑着驴从塔跟前走。我没去过那儿；可又说，也算去过。

修卫河桥的时候，我被抽调到大桥委员会工作。整天价泡在河沿上。一位测绘人员弯着腰把着仪器往远处瞄，边瞄边往纸上画道道儿。我好奇难捺，凑过去说："让我瞅瞅行不？"承他允诺，我把着那圆筒筒瞄向了塔。嘿哟！吓了我一跳。那塔倏地冲到了我跟前，连砖缝都瞧得真真的。我定了定神，又瞅了一眼，笑了起来。猜是怎么着？那塔跟前，一个拾粪的老汉正褪了半截裤子翻弄着裤腰捉虱子哩。

临清一景，我这么一写，煞风景了。

写标语

和小孩儿们一起看电视里播放的平津战役影片。我说："你们猜我这时在哪里？我在临清哩。正犯嘀咕哩。犯啥嘀咕？你们瞧，这不是北平给围上了，天津给围上了，轰隆轰隆打起来了，中央军没咒念了。可我还在嘀嘀咕咕害怕中央军哩。""爷爷，你真是个胆——小——鬼！"

虽然戴上了大檐帽，脑袋瓜子仍是庄稼人思路：眼见为实，耳听为虚。瞧着一张接一张的胜利捷报的号外，兴高采烈自不必说。可越是兴高采烈越犯嘀咕：是真的吗？

直到有一天，馆长召集大伙说："除了有急事的都写标语去。欢迎南下的东北大军，大部队要从咱临清经过。"好哇！眼见为实了。

刷子、灰桶是馆里常备之物。顺手抄来，说干就干。兵分三路，我和瘦子老王是一路。

标语是市政府拟好了的，有十多条。其中有一条"欢迎林罗二将军”。我心里说：嘿！还有叫“林罗二”的将军哩。

我认为“打倒蒋介石，解放全中国”最来劲。一鼓作气，乘胜前进，打过黄河，打过长江。中央军再甭想打回济南府了。我边写边想，边想边写。蹲在一旁吸烟的老王嚷开了：“喂！你怎么老是写这一条啊？”

部队经由之路的两侧，尽是年深日久的老墙。抹上一刷子灰，掉下两刷子土。只好再来第二刷子、第三刷子。一个老汉瞅了半天，笑道：“同志，您这是给俺泥墙哩。”

一个上午，滚成了泥猴。胳膊、腿像挨了板子。一蹲下，再也不想站起来。我冲老王说：“你要是上厕所，捎带着连我这泡尿也尿了吧，我实在动不了了！”

这回写标语，累了个死，也高兴了个死。

一看《聊城图片百年》中的这照片，眼前一亮，上面的文字说明是“1948年，解放军南下时途经临清”。哇哈，摄影的老哥，您知道不？在这南下大军经过的两边墙上的“热烈欢迎”的标语，就是临清市大众教育馆的我们几个小哥儿涂写的。

都想掩面而过

先来一段“倒插笔”。

我学徒时，还有一个差事，就是登记住客的临时户口，上报派出所。一天一趟，风雨无阻，和派出所里的人混了个脸熟。

派出所查户口，大多在黑夜。人们都睡了，熄灯灭火了，他们来了。敲门也和白天不一样了。不是敲，是连捶带踢，哐哐哐！外加吆喝：快开门！快开！

商号里怕的就是这个，怕因有二。一是夜深人静，人喊狗叫，左邻右舍听得真真的。这家怎么了？犯了什么事了？别家不查为何独独查他家？想必有事？二是客商大都是从济南国统区来的，本就犯着嘀咕。这么一折腾，心里该想了：这家商号八成是得罪了派出所的人了。可别受了他们的牵累，下回换一家吧。这么一想不要紧，生意给吹了。

商号里怕这怕那，可就是再也不去想想派出所的人来干啥哩？是维持社会治安哩。

派出所的人不只黑夜里来，白天也来。白天里来是串门。这对商号来说是体面，是求之不得。看那些掌柜吧，就说孙掌柜吧，本是从娘胎里带来的凶神般的脸，一下子笑得竟像绽开了的花儿。我简直不认得他了。最忙的是我，“泡茶去。”“点烟。”“往永和居跑一趟，按上回点的菜，叫他们快做快送来。”

所长，络腮胡脸刮得光光的，浓眉大眼，相貌堂堂。偶尔也来串门儿。接待是另一规格了。比如，倒茶点烟，就轮不上我了，是掌柜亲自动手了。

“倒插笔”到此为止。

我到大众教育馆不久。市里提出全市干部在加强政治学习的同时也不能忽视文化学习。每周必上一堂文化课。分为高级班和初级班。给高级班讲课的是洪馆长。指派我教初级班。我怕教不了。馆长说：“人手刀尺马牛羊，1234567，这个你教不了？”我迟迟疑疑地答应了。

上课那天，一上讲台往下一瞧，黑压压一片。瞧哪个哪个像是我的叔叔辈，瞧哪个哪个像个官儿，我直发毛。当我又瞧了一眼时，就像一头碰上南墙，给撞了回来，再也不敢往那儿瞧了。猜是为何？我瞧见了派出所所长。他的眼神儿简直是对我不屑一顾，可又不得不面冲着黑板面冲着我。我忽地自卑起来，直想钻到桌子底下去。

我无数遍地思谋，他可能这么想：这小子跑到这里人模狗样来了。

别人不知道你，我可知道你。你不就是个点烟倒茶的学徒？嘿，屎壳郎变知了了！

说不定他也思谋我：这小子八成会去说嘴哩。说是派出所所长，原来是个老粗，虚有其表哩。掌柜的都恭迎恭送哩。看看现下，十年河东十年河西哩。

按说，都想掩面而过。可市里偏偏号召干部学文化，偏偏要我教初级班。这可好，大伯子哥淘茅厕撞上了弟媳妇——对着尴尬吧。

电 话

全市干部大会临散会前，丹彤市长举着一张报纸说："告诉大家一个好消息，咱们的报纸创刊啦！瞧，这《临清市日报》的报头是个孩子写的哩。"老齐悄悄冲我说："好家伙！你是三齿镬划拉在眉头上，又搂（露）鼻子又搂（露）脸。"

之后没几天，我接到市政府办公室的电话，说是要调我去市政府办公室。我问干什么去？说是抄写整理文件。我一听，脑袋瓜子"轰"的一下大了。我说干不了，我只会画画儿。电话里说："干不了，可以学呀！我们不是有很多新的工作都要从头学起吗，你的字不是写得很好嘛……"没等说完，我"咣"的一声把电话挂了。接着一怔，我被自己吓了一跳，好大的胆子！

我悔恨极了，都是写那个报头惹来的麻烦。

冷静下来后。心想，端人家的碗，服人家管。不服人管，走到哪里都说不过去。可要是听人家管了，一辈子甭想再画画儿了。老天爷，可怎么办啊？真想大哭一场。每当电话铃一响，心里就哆嗦一下子。

看见馆长屋里灯光一亮，我立即推门进去。看似闲串门儿，实是“蒋干过江”，探听虚实。馆长倒真像了周公瑾。闻弦歌而知雅意。以静制动。终于我沉不住气了，说：“前天市政府里打来了个电话……”他笑了。我瞪大了眼，全神贯注。他说：“市政府领导谈过这事，你既愿意画画儿，就安心画画儿吧。”嘿！漫天阴云散去，一下子晴了天了。

股长对这事看得严重：“你啊，你啊！这叫什么？这叫不服从组织，这可是个原则问题。你要是党员，是要受处分的。没想到你竟敢摔电话。你啊，你啊！”听那声腔他也有点儿怕意了。“张三着凉，李四打起喷嚏”来了。

老齐是替我一百个惋惜：“小韩，你怎么这么傻！你知道不？这是天大的好事哩。是提拔你哩。别人还求之不得哩。你倒好，肉包子塞到嘴里倒吐出来。我不是说过，参加了工作要是入不了党，是白干一辈子。在市政府办公室抄写整理文件是直接在领导手下工作哩。入党、提拔都容易得很哩。画一辈子画儿有什么意思？还落个不服从分配，在领导眼里留下个不好印象，啧啧啧啧！”大姑娘不急媒婆子急，替我急成了这个样儿。

半路上杀出个程咬金来

闲聊中说起马市街上的画像馆，馆长说："提起画像馆，我想起来了，前两天听教育科的老罗说，有个叫王征的，在太原的学校里教美术。老家是临清，不想在太原了，想调回临清来。"我说："好哇，咱临清又多个画画儿的了。"馆长说："老罗说了，画画儿的人才，当然欢迎。或是小学，或是教育馆。来了再安排。"

提到教育馆，我怔了一下。如果真的调到教育馆来，兴许以后有麻烦哩。教育馆能容下两个画画儿的？虽不兴说"竞争"，只兴说"竞赛"，而且是友谊竞赛，听来温文尔雅，其实也是真刀真枪动真格的哩。不信，败了试试看。

市政府的那个电话，有"提拔"的意思。我软磨硬抗死抱着画笔不放，不算丢脸，大不了落个不服从组织分配。可"友谊竞赛"赛败了，怎好厚着脸皮不挪窝儿？妈哟！半路上杀出个程咬金来。你王征不好好地在太原待着，跑回临清来干什么？

画《水浒乱弹》，对白衣秀士王伦总是狠不下心来挖苦几句。模棱两可不痛不痒：“若是不收留晁盖，是心地褊狭，不能容人，惹人笑骂；若是收留晁盖，一旦强宾压主，鹊巢鸠占，噬脐莫及。左右为难，强盗也不好做也。”实是从王伦身上看出了我的影子，同病相怜，无异夫子自道。

杜迁　王伦　宋万

庄子有句话：“无能者无所求，蔬食而遨游，泛若不系之舟。”虽然在教育馆画画儿对我来说是天遂所愿，可在旁人眼中是“教育馆的工作是有能耐的不干，没能耐的干不了”，应算是庄子说的那个“无能者”了。窝头、老咸菜是地地道道的“蔬食”。可“遨游”呢？说不定什么时候来阵顶头风儿，那“舟”怕要系一系了。庄子的话碰上我的现实要改一个字，无能者有所求。

怎么个求法？各有各的招数。我的招数是：比如唱戏，不靠唱功，靠做功。像《三岔口》里的任堂惠与刘利华，一言不发，猛折腾。

说破了吧：阅览室墙上的宣传画、漫画本规定的是半月一换，现在来个一星期一换。以前和股长说话从没嘴软过，现在是想方设法替他到处踅摸废子弹壳。溜须拍马起来了。

将两字颠倒了个个儿

《原道》中有句话："坐井而观天，曰天小者，非天小也。"细细一想，似有可斟酌处。问题在"曰"字。"曰天小者"的"坐井"者，是偶尔失足落井，还是自幼生长井内？按道理，前者不会说出"天小"的话，因其已见过井外之天。后者也不会说出"天小"的话，因其生于斯长于斯，从未见过井外之天。

提到韩愈这句话，是因为写《信马由缰》写到临清市大众教育馆，想起和人议论画画儿的事，三说两说说拧了，对方甩过来一句："井里的蛤蟆，你见过多大的天？"他以为刺骨三分；我却谓隔靴搔痒。何耶？我从没觉得过"天小"，非但不小，且是艳阳天。

画画儿，打从小时起就当成是"玩儿"。在墙上画着玩儿，在地上画着玩儿，在大人们的呵斥声中偷偷地画着玩儿。到了教育馆，却成了"工作"了。嘿！还有"玩儿"的"工作"哩。玩儿得对了劲，还受表扬，说是工作积极哩。

再说，画起画儿，脑子里根本没有“什么是好，什么是不好”一说。不懂得“不好”，就只剩下了“好”，怎么画，怎么好。好得自叹自赞：你小子还真有两下子！

无往不适，怎会感到“天小”？

抚今追昔，一笑复一叹。

笑的是，知足。固然知足常乐。可是“知足”需有一个前提，就是“无知”。惟其无知，方能知足。因为所知者少，其所欲也小。欲小则易足，足则乐。

叹的是，人从小到大到老，总要从无知到有知。知之愈多，欲求愈大。“而知也无涯”，欲壑难填矣，“巧者劳而知者忧”矣。

这又明白又糊涂之理，人们可以不去想它，但却摆不脱它。“井里的蛤蟆，你见过多大的天”那句话，后来我从书本上也读到了：“井蛙不可以语于海者，拘于墟也。”反正是人吃了粮食总要往大里长，总要跳出那个“墟”。这才知道山外有山，天外有天，小小画笔的笔尖上竟有无穷无尽的学问哩。眼不够使了，脑不够用了，寝不安枕了，食不知味了。愈觉无知，愈拼命求知，愈是求知，愈觉无知。像不知饥饱的饿死鬼。越吃越饿，越饿越吃。可是，进了肚子里的这些“知”，又像是冤家狭路相逢，互不相让，连踢带打。感于中，形于外。以前画画儿如小儿戏耍，无拘无束，自得其乐；而今却成了庄稼人下操，左顾右盼，亦步亦趋，只怕迈错了步子，又往往迈错了步子。

绕了几十年的圈儿，知识多了，胆子丢了。再也不敢把画画儿当成“玩儿”了，再也没了知足之乐了。再也不敢自赞一声“你小子真有两下子”了。一个“玩”字，本意味着对艺术的一种彻悟，可是“日凿一窍；七日而浑沌死”了。我自笑，这不是玩儿命地和自己过不去？

丁聪前辈曾为我画了一幅漫画像，要我自题。我写了这么一句话：小时作画，觉着人不如我；而今作画，觉着我不如人。画了大半辈子，只是将两字颠倒了个个儿。

鸡毛蒜皮

回乡途中，汽车暂停冠县车站。我打开车窗，掏出背包里的鸡蛋，边剥边吃。不远处有几个小孩儿在嬉闹。突然静了下来。我把鸡蛋皮一扔，又剥第二个。吃完，又剥第三个……一个小孩儿悄声说："这家伙吃了三个鸡蛋！"我火了，抬起头冲他喝问："你说什么来？"那小男孩儿顺手指向旁边的小女孩儿说："我说她……她看你吃鸡蛋馋得直流哈喇子。"小女孩儿争辩说："没有，我没有流哈喇子。"

仍是老辈子的规定：十天四个集。集市就在我家北屋窗外街上。人声嗡嗡嗡嗡，听也得听，不听也得听。

"多少钱？"

"六块。"

"三块钱行不？"

"少了五块不卖。"

"就这个，值三块？"

“你去别的摊儿上打听打听。”

“两块行不？”

“连本儿也不够。”

卖家只嫌钱少，买家只嫌钱多，人同此心，心同此理，千篇一律，人云亦云。

间或也有不傍人口吻别具一格者。

“这袜子十块钱……”叽咕叽咕，终于成交了。

“八块钱买了你这袜子，说实话，你就是硬要十块钱我也得买。”

“我也说实话，只要你抬腿一转身，六块钱也照样卖给你。”

记忆中的胖胖的年轻的苏大嫂，已是满脸皱纹没剩几颗牙齿了。腰板儿倒还硬朗，东家走、西家串，再不就摸纸牌。身后跟着个“尾巴”——四十多岁的傻儿子。她在邻舍屋里闲坐说话，傻儿子就站在门外；她摸纸牌，傻儿子就站在背后。

人们告诉我：“如今好多了呢，不喊娘了，前些年，走一步喊一声，一个劲儿地‘娘、娘’。”

还说：“别看傻，可认得好多字呢！”

我问：“傻，怎还会认得字？”

“小时可不傻哩，上学时功课可好哩！‘大跃进’那年小学毕业了，考上了中学，家庭出身不好，不给录取。不让上学就不上呗，怎么不是一辈子？可他想不开，因这，疯傻了。”

苏大嫂也告诉我：“别看傻小儿傻，裤子烂得露光腚，你猜怎么着？他两手紧捂着腿裆，傻，知道害臊。可又听话哩，叫干什么，就干什么。说别干了，立马儿就住手。说你吃吧，他就吃；不说让他吃，无论摆着什么好吃的，捅也不捅。”

二婶不知是打趣还是别有所感，叹口气说：“傻的比不傻的还强呢，你看现下的儿女有几个听话的？”

我家的小侄子就不听话。好好儿地上着中学，“忽”地自动退了学，死说活说再是不去了，他爹娘倒无可无不可，我却深为惋惜，开导他说：“苏家大傻子，想上学不让上，为这疯傻的。你哩，你倒不上了。你想想，你家庭出身也不好哩，你不就是沾了晚出生几年的光，身在福中不知福……”说到这儿我脑中“忽”地闪出“命运”二字。我家这侄子，苏家那傻子，都一样的“出身”不好，可“早了不如巧了”，早生几年晚生几年竟如此大不同，这不是“命”？

煮羊杂碎

天黑了，街上更生冷生冷了。拐角处闪出一盏灯，晃晃悠悠。接着一声叫卖：“煮羊杂碎。”灯愈晃愈近，是副挑担。前头是个木架子，挂着灯，安放着炉灶和锅，炉灶口里吐出点点火星。后头是个大竹篮，篮子旁挂着两个马扎子。

教育馆斜对过的杂货铺里喊了一声：“杂碎。”“哐”的一声门板开了，刘掌柜大步流星迈向街心。挑担停了下来，我看得更真切了。锅沿上放着一摞两寸来宽一尺多长的木板板。木板上是一把牛耳刀。我纳闷，这木板板是干啥用哩？

刘掌柜坐到马扎子上，探着身子往锅里指指点点。卖杂碎老汉拿着筷子随着刘掌柜的手指处在锅里翻来搅去。两人小着声叽叽咕咕。一阵热气向我袭来，夹杂着葱、姜、大料味。

热腾腾的杂碎夹到小木板上，卖杂碎的操刀切碎，摆上筷子连同木板递了过去。原来这木板儿又是案板又是盘子哩。刘掌柜大嚼，嘬咂有声。又是一阵夹杂着葱、姜、大料味儿的热气扑了过来。我“忽”地回过神儿来，暗自骂道：“真丢人！”扭身关上了阅览室大门。

熄灯睡觉了，钻进被窝里了。眼前又闪现出了那副煮羊杂碎的挑担。摇曳的灯光，吐着火星的炉灶，冒着热气的汤锅，当盘子用的木板板，生冷生冷的黑暗的街上……真有意思。对了，这叫情趣。兴许还有诗意哩。所以我看得入了神。心里坦然了些，似乎“不丢人”了。那刘掌柜端着木板板大嚼得真带劲，到底是啥滋味儿？我咽了口唾沫，发狠地想，有了钱时，定也要在黑夜的街上，在灯影儿里，端着木板板吃它一顿。

可是直到我离开教育馆也没如愿以偿。

由供给制而大包干而小包干而薪金制，口袋里总算有了零花钱了；可由临清而邯郸而保定，离那煮羊杂碎挑担却越来越远了。

老饕涎出，为此没少吃了各个地方的羊杂碎。虽然天底下的羊都一个样儿，可一吃到嘴里，“远引若至，临之已非”，总像是少了那刘掌柜大嚼的滋味。

好多年过去了，每遇到临清老乡总忘不了问：临清街上夜晚还有卖煮羊杂碎的挑担吗？呜呼！哀莫大于心不死。

那吃了煮羊杂碎的刘掌柜，八成是抹抹嘴打个饱嗝儿呼噜呼噜睡大觉去了，没吃杂碎的我却被折腾得犯了邪。“张三吃了李四饱，撑得王五沿街跑。”看来还真有是事。既有是事，必有是理。谁来帮着讲说讲说是啥道理？

大开眼界

一提起画儿，就会想起自己家及左邻右舍的门帘上、炕围子上的《喜鹊登梅》《鲤鱼戏莲》……

就会想起年画，那新鲜个十天半月就褪了色的《猴抢草帽》《麒麟送子》……

就会想起庙里的壁画《水漫金山》《八仙过海》《唐僧取经》《太公封神》……

就会想起一本没头少尾的画谱上的锺馗嫁妹小鬼放炮仗。就会想起烟草公司的月份牌，露着胳膊大腿的洋打扮的女子。婶子大嫂们一瞅，就“呸”的一声：不害臊！

到了大众教育馆，整天价照着描摹的不是“山姆大叔”就是“约翰牛”，再不就是“膏药蒋”。阅览室里读报的群众说这是宣传画。想想也是，这个只能贴在阅览室里或画在大街的墙上，没见谁贴在自己的床头上。

还有什么？想不起来了。

上海解放了，偏僻的鲁西北的临清也能看到《文汇报》了。现在说起来仍对它感激不已。没有它，怎能看得到《小二黑结婚》。这是米谷根据赵树理的小说编绘成的连环画。记得当时翻开《文汇报》时，惊奇地发了声喊：天底下竟有这样的画儿哩！是活生生的庄稼人，而且似曾相识。拿着皇历的二诸葛活像是我街上的五大爷，连犟劲都像。瞅着瞅着，忽地想起来人们说五大爷的一句话，“犟劲一上来，叼住屎橛子不撒嘴。”坐在炕沿上的于福，多么像袁庄的亲戚。我家那亲戚不也老实得“三脚都踹不出一个屁来”！那神婆子不就是北关里的我妹妹的干娘？她也“下神”。因给我妹妹看过病，两家愿做个干亲。我妹妹认干娘那天，“干娘”在衣服外面套上一条专门新做的开裆裤。大伙七手八脚将我妹妹头朝下脚朝上地往她裤腰里塞，再从下边开裆处掏出来（以示生养之意）。我瞅得真真的，吓得我妹妹像挨宰似的拼死拼活地大嚎。金旺的老婆有点儿像臧庄的瞎四辈家，论辈分，我应叫她奶奶哩。

还有那土炕、那锅台盆碗、那油灯盏、那碾棚、那鸡窝、那驴那猪、那柴火垛、那纺线车子……似乎还闻到了土坯味、牛粪味、烟熏火燎味。嘿，又回到了老家了！

读了《阿 Q 正传》，这个未庄的舂米汉总在眼前晃悠。躲躲闪闪，恍兮惚兮，熟悉而又陌生，真切而又模糊。逗得我反复地猜摸，到底是什么样儿？终于废然而叹：草色遥看近却无。

米谷　画

是天遂人愿？本是上街闲逛，逛来逛去逛进了书店。有一搭没一搭地往书架上东瞅瞅西瞧瞧。正想转身出去，眼前一亮—— 一本薄薄的小书《阿Q正传插画》。急忙翻开一看，嘿！阿Q竟在这儿。一点儿都不错，正是我心目中的那个模样。好厉害的拘魂摄魄的画笔！封面上有两行小字："鲁迅原著，丁聪作画""上海出版公司"。忙不迭地掏钱。这是我长到十九岁第二次花钱买书（第一次是六七岁时用一个铜板买了常倌的一本唱本儿）。这本书和《小二黑结婚》一直珍藏至今，已是五十一个年头了。

丁聪　画

《小二黑结婚》和《阿 Q 正传插画》将我引到了绘画的新境地。那些长年见惯了的《麒麟送子》《天女散花》黯然失色，日月出而爝火熄了。

一天里不知翻看多少遍，不知赞叹多少遍。如获至宝，兴奋得不能自已。洪馆长冲我直笑，甩出一句文词来：“临渊羡鱼，不如退而结网。”我懵怔半晌，这网可是如何结法？说句不怕寒碜的话，速写、素描、对比观察、提炼取舍……在我这儿还是一盆糨糊哩。

一个“末”字

“老梁，干啥哩？”

“你的嗓子痒痒了？”

“你的手痒痒了？”

“那就滚了——过来！”一句京韵道白。

于是“的隆的隆”定起弦来。

于是“我本是，卧龙冈，散淡的人”唱起来。

为了这，天刚蒙蒙亮，就直奔卫河沿，伸直脖子“咿——啊，咿——啊”玩儿命地喊嗓子。

为了这，发了零用钱，不买牙粉，买甘草、麦冬，丢车保帅，养护嗓子。

为了这，小组会上挨批评，说是把教育馆闹腾得像戏园子。

半夜憋醒了，一边撒尿，一边恍恍惚惚像有胡琴响。

老梁的脸不黑了，也不麻了。

我慨然而叹："就说《空城计》吧，'东西战，南北剿，博古通今。'这不是明摆着的，诸葛亮自吹自擂哩。可这自吹自擂，百听不厌、千听不厌、万听不厌。"

老梁说："听戏的才不管那戏词哩，听的只是个字正腔圆。"

我想了想，问道："必须字音正了方可腔圆？"

他说："那还用说。"

我说："《让徐州》里的陶谦唱的'未开言，不由人，珠泪滚滚'的'未'字，唱未字本音，听着别扭。唱成'乌依'，就顺耳。这'乌依'能算是字音正吗？'腔圆'不一定都'字正'哩。"

"你还真能抬杠哩！"

回忆教育馆往事，有感于世上万物之理原是息息相通。和老梁讨教了半天不了了之的"字正腔圆"，多年后，从绘画上悟出了点道道儿。

字正腔圆之谓何？是侧仄而无邪，平正而不呆，是浑融淳厚的和谐之境。这么说太绕弯儿。直白地说，两个字：悦耳。

戏是悦耳，画是悦目。

戏中的"字"犹如画中的"形"。戏中的"腔"犹如画中的"线"。

"字正"则如画之"形似"；"腔圆"类乎画之笔墨从心所欲不逾矩。

中国画借"线"以描摹"形"，更依赖"线"以展示节奏韵律。因为在绘画中对事物形体的描摹并不能充分表露创作意图，往往需要求助于与之有联系的"线"的抑扬顿挫穿插进退。这表明"线"的内容含量远大于“形”的内容含量。也是明摆着的，“线”有其自身规律；“形”也有其自身规律。彼此互异，两相扞格。为了适应更重要的“线”的规律，于是变“形”之常态。

再以画眼观戏。

《让徐州》的唱词：“二犬子皆年幼难当重任，老朽年迈我也不能够担承。”就字所显示的内容，无非是让位。可一转换成唱腔，就不这么简单了。言之欲止，止而又言。似是倾心相让，又似言不由衷。这不也表明了“腔”的内容含量远大于“字”的内容含量。岂不也是为了更为重要的“腔圆”而变“字”之常音。比如那个“未”字。

一个“未”字，白了少年头才开了点儿窍。就着这缝隙，从这头瞅，可以瞧见那边的戏；从那头瞅，可以瞧见这边的画。

城头怀古

出上湾街往东，是歇马厅—— 一座颓败了的庙宇式的大殿。歇马厅正北，就是临清砖城了。城里除了稀稀落落的住户和南门里一所中学，到处是庄稼地、碎砖烂瓦。城墙，徒具形似。城砖剥落处，露出里边的三合土，污迹斑斑，如创口瘢痕。偶尔，一两个捡拾野狗粪的老汉出没其下。

算是雅兴，我来这城墙上闲遛。听着风声草动虫鸣，仰望云舒云卷云飞。心里一惬意，嘴里就想哼唧几声。感于中形之于外也。那时还不时兴“啊！大自然我拥抱你”，可又没有出口成章的本领，只好学马二先生游西湖那样掉书袋。翻了个底朝天，抖搂出了当过我县县尹的张养浩的《山坡羊》，聊胜于无，抑扬之顿挫之：“峰峦如聚”（歪斜参差的雉堞，眯着眼远远望去，真有点近似“峰峦”哩）；“波涛如怒”（且将这句跳过去）；“山河表里潼关路”（蜿蜒于乱砖杂草中的城墙上的小路，说它就是“潼关路”，它敢犟嘴么）；“伤心秦汉经行处，宫阙万间都做了土”（脚下的城墙，明摆着的，已快“做了土”了）。境由心造，恍惚间，不知自己为古人今人了。

尤为快意的是，在这儿，苍茫大地，我主沉浮。比如，想在哪儿撒尿，就在哪儿撒尿；比如，看哪块砖头不顺眼，就猛地一脚，踢它个屁滚尿流；比如，想怎么嚎叫就怎么嚎叫：“前不见古人，后不见来者。我前我后不见一人，我就是陈子昂！”

曾翻看过临清地方志，一些记载逗得我浮想联翩。乾隆年间，王伦的农民起义军为夺取这砖城和官兵激战了十七昼夜。那时我的四周正杀声震天哩。说不定我刚刚踢飞的那块砖头上曾染过血迹哩。咸丰四年（1854年），太平天国北伐军抵达临清，攻陷了这座砖城，将城墙炸了个大豁口子。是哪个豁口？想来那豁口早已修复了。现在的豁口又是谁扒的？宋景诗的黑旗军和僧格林沁的清军、英人洋枪队的一场鏖战，就在这砖城东南的柳林镇进行，这儿能不风声鹤唳草木皆兵？这砖城缩短了我和历史的距离。

一个放羊老汉是见面熟，我们蹲坐在北门外的土坡上闲聊起来。他说他就住在这砖城里。他爷爷见过太平军、捻军。一忽儿官兵杀了过来，一忽儿捻军杀了过去。老百姓今儿往这躲，明儿往那逃。他指着北门城门洞说，你往里边看看去，往上瞅瞅，黑乎乎一片，我爷爷说那都是血。我问其详情，他说：“我爷爷也说不清楚，兴许是被官兵杀的捻军的血，兴许是被捻军杀的官兵的血，也兴许是被官兵和捻军杀的老百姓的血。”这北门的城门洞子更加缩短了我和历史的距离。

写着写着想起了老朱。我曾对老朱说：“有个好玩儿的地方，去不去？”他问是哪儿？我说砖城城墙上。他说：“吃饱了撑的？哪儿不好去，偏去那儿？”或许老朱说得对。可又已经写出来了。读者如若觉着没意思，就翻过去，只当没有它；或者撕下来卷烟吸。

坐汽车，出远门

洪馆长调走了，老梁调走了。又要调我去邯郸，仍是搞美术工作。我想，要去就早去，夜长梦多，免得被人顶替了。走！屈指一算，在教育馆待了一年零三个月。

头回坐汽车，头回出远门（邯郸离临清足有三百里哩）。天刚蒙蒙亮，就起身打行李。做饭的大师傅嘟嘟囔囔，“这么早去车站冻着去？”寒气砭骨，冷月在天。我们穿街过巷，过了卫河浮桥，又是穿街过巷。还有来得早的哩，已有三四人缩着脖子挤在窗口等候了。

“起了个五更，赶了个晚集。”天大亮了，卖票的才姗姗而至。买了票，在车站人员的吆喝声中，推推搡搡地挨个儿爬梯子登上了卡车。

呜呜声中，车子晃了一下开动了。刚刚伸头举手和车下的大师傅打招呼，车身一转，已驶出了大门外。在街巷中，左拐右拐、右拐左拐，忽地豁朗起来。

晓风残月，晨鸡动野。两侧的杨柳树迎面扑来，又倏地向后闪去。目眩神迷，如列子御风。飘飘然，畅畅然，快意之极。精神抖擞，踌躇满志：“有怀投笔，慕宗悫之长风。”回头望了望渐离渐远的临清：去你的喽！

紧傍着我的是个中年庄稼汉，正捧着烧饼大嚼，咂声聒耳，败坏了我的满腹豪兴。愤愤地想：就知道吃！

过了威县、邱县，进入曲周境内，早就听说曲周有王三公子和苏三的坟。东瞅西瞅、南瞅北瞅再也没瞅到个影儿。到了县城车站，司机大喊：“大家下车吃饭啦。”人们争先恐后地爬下车。争先恐后地往厕所里跑，又边系裤腰带边争先恐后地奔回车上。一是怕丢了行李包裹；再是把守住原先的地盘。

卖烧饼的、卖包子的、卖煮鸡蛋的、卖烟卖糖的蜂拥而至，将汽车团团围住。

从售票房里蹿出一人，嘴上叼着车票，双手提着包裹，连颠带跑，冲车而来。随后又是一个，边数票子边回头嚷：“快！快！”

刚刚安定了的车厢里又乱哄哄起来。

“喂！挪一挪。”

“你看我再往哪儿挪？再挪，就挪到车下头去啦。”

“你把篮子搂在怀里行不？我总得能够蹲下啊。”

“哎哟，哎哟，我的脚！”

“你的脚往那儿挪挪，我的脚放在这儿。对，对，出门在外，都担待着点儿。”

“哇！”一个小孩儿哭了起来。

司机吃饭回来了，汽车又发动起来。一个拿喇叭的和一个头上包羊肚巾拎着挎包的走了过来。那拿喇叭的和司机叽咕了一阵，随后那包羊肚巾的钻进了司机楼子里。原先坐在那儿的司机助手，一蹿身，和我们挤在了一起。人们小声问是谁？司机助手说：县长。

汽车继续行驶，两旁的树依旧是迎面扑来，又倏地向后闪去，却再也唤不起乘风破浪的昂扬之感。上眼皮下眼皮直打架。紧傍着我的那个吃烧饼的庄稼汉，脑袋低垂，像熟透了的沉甸甸的谷穗子。下巴颏儿上挂拉着哈喇子，随着颠簸，一晃悠一晃悠……

“到啦，到啦，下车啦！”我醒来一看，太阳已偏西了。出了车站，边走边打听，到了招待所。

两眼乌黑，一个人也不认识。吃过饭，再也不想动弹。独自躺在床上，数房顶上的椽子。老朱、小甄，还有老陈这时正干啥哩？是不是又在阅览室门口逗那个傻子哩？

临清人看邯郸

邯郸的大街好宽哩，两边都是楼哩。真有点儿像拉洋片的画儿上画的哩。要不怎地说是赵国都哩。

临清没法比。临清的街有多宽？我试过。我曾站在阅览室门口憋足了劲儿吐了口唾沫，只差一点点儿没吐到对过烟酒店的台阶上。

十字路口的正当中有个大转盘，上插一把红道道白道道的大花伞。到底是邯郸，临清就没有这玩意儿。转盘边沿儿上坐了一圈儿妇女，有的敞开怀奶孩子，有的吃油条，有的摆弄篮子里的酱油醋瓶，有的小声叽叽咕咕，有的打开纸包抖搂开花洋布端详过来端详过去……在她们的正中间，如众星捧月，一个警察浑身是劲儿地又是呼喊又是晃胳膊。

邯郸教育馆是二层大楼，据繁华要地。高悬扩音喇叭，振聋发聩。翻来覆去总是河南梆子。一小青年仰着下巴颏儿冲着喇叭听得两眼发直。我走进阅览室专去扫了一眼墙上的画儿，不怎么地，比我画得差远了。

电影海报，嘿！邯郸还有电影院哩，这以后可有电影看了哩。

晋冀鲁豫烈士陵园是一大景观。迎门的纪念碑高耸入云。往上瞅着瞅着，云不动了，碑游动起来。一高个子老汉对一矮个子老汉说：“你知道不？修这碑花的银钱，买成米，堆起来比这碑还高哩！”那矮个子老汉瞪着大眼：“唉哟，唉哟！”

碑正面是毛泽东的题字：无上光荣。碑背面是刘少奇的题字：永垂不朽。“朽”字多了一个点儿。我们后来议论，认为是误滴上的一墨点。有的说：“刻碑的时候为何不去掉？”有的说：“你敢吗？我是不敢。”大概是都不敢，那个“点”也就“不朽”了。

邯郸妇女的穿着打扮和临清有所不同，前边的头发梳得高高隆起，后边结成扁状发髻，前额的头发边沿修剪得齐齐整整。名之“飞髻头”。是洋？是土？是古？棉袄窄瘦，棉裤裤筒却肥大，足有尺多宽，却又短得露着脚脖子，走起路来呼扇呼扇像裙子。

街上卖高粱面饸饹的摊子上，围坐着的尽是乡下人。端着海碗，挥臂舞筷，腮裹唇收，鲸吸虎咽，可见燕赵豪壮气概。

“回车巷”声名远扬。一见之下令人泄气。只是一个小胡同儿。想来“学步桥”也不过如是，懒得去看了。

走到赵武灵王丛台，已是夕阳西斜。沿阶而上，进门见殿宇数间。其中一间有咳嗽声。探头一看，一个老汉正烧灶火。反身迈进一小圆门，复沿级而上，拐了两拐，又是一个小门。门里就是最高处丛台了。

亭轩已破败不堪。寒风里，举目远眺。暧暧村落，袅袅炊烟，低天远树，迷迷茫茫。“平林漠漠烟如织”，李白竟是为我写照哩。

远处的爆竹声，使我想起快到灯节了。自怨自艾起来，大年节里，急着跑来邯郸干什么？前天还在临清笑闹哩，现在倒好，一个人傻站在这儿，只欠哭鼻子了。

大年初二，往二舅家拜年。说是拜年，实是显摆去。叫二舅二妗子瞧瞧，当初瞧不上我哩。现在怎么样？要上调去邯郸哩。士别三日当刮目相看哩。像汉高祖衣锦还乡，大摇大摆地去了。却又若有所失，冬妮怎地没回娘家来？

想着想着瞅见村落之间影影绰绰似有一条大道。汽车是不是打从这条道上过来的？如是的话，那就是直通临清了。死瞅着这条大道干什么？干吗这么缠绵悱恻？干吗这么娘们气？打道回府！

招待所的大三间的屋子里仍是我一个人。饭后，仍是躺在床上数椽子。

怎么昨天没瞧见？窗台上有一本落满尘土的书。拿起一看，是苏联小说《士敏土》。还盖有一个公章，已是涂抹得辨不清字迹了。是谁丢在这儿的？明天走时，偷了它。

看这巍峨壮观的古建筑物，哪像是我在20世纪50年代初登临过的邯郸丛台，歪斜的亭子，碎砖烂瓦，还有那一抹夕阳残照。没了那破败相，也就没了那时的我，心里反而空荡荡了。

分配到文工团

分配我去文工团。我说："我是画画儿的，文工团是演戏的，不是一码事。"专署的人说："他们演戏，你画布景，怎地不是一码事？"

春节刚过，正是农闲。文工团大队人马巡回演出去了。只留下了一个看家的。这小伙子穿着牛仔裤拖着大棉鞋，挺逗。说话慢慢腾腾，饶有风趣。北京人，原先是体育学校的学生，后来进了"革大"，刚刚分配来的。我说："你是学的体育，怎地分到文工团来了？"他说："专署的人说体育不就是蹦蹦跳跳？打腰鼓也是蹦蹦跳跳，去文工团吧。我就来了。干什么不是革命？您说是不？"

从他的话里得知，老梁也调到文工团来了。他们正在黄粱梦，再待三几天就要去永年县（今邯郸市永年区）了。我一听"黄粱梦"来了劲儿，说：明天追赶他们去。

次日下午到了黄粱梦。一老汉说："你是找那些戏子吧，他们就住在那个大庙里。"

庙门口围着一群孩子，伸着脖子往里瞅。一小青年捧着唢呐冲着墙正呜哇呜哇吹得带劲。院子里有拉风箱烧火的，有切肉切菜的，是在做晚饭了。

走进大殿，老梁笑逐颜开地迎了上来：“咱们又到一起了，戏里说的，‘孟不离焦，焦不离孟’。这里有好多咱临清的哩。你瞧，这个，那个，还有他。这是咱们团长。”我扭头一看，留着大分头，像个乡村里教小学的，却挎着个盒子炮。

“饱食黄粱追梦去”

吕仙祠里，烂砖碎瓦，枯草野蓬。我独自冲着照壁发笑，这就是“蓬莱仙境”？

吕祖殿里，除了鸟粪狗屎和刺鼻的土腥味，别无一物。

卢生殿里的卢生，酣然高卧。一摸，冰凉。一敲，“当”的一声。不知是铁的还是铜的。

无怪文工团的人说：没有看头。

倒是旁边的已干涸了的池塘、亭子四周，尚可憩坐。阵阵雀噪，声声鸦啼。尤其从墙豁口处挤进来的麦田绿色，给这儿增添了些许春意。

写到这儿，忽地想起一首诗：“四十年中公与侯，虽然是梦也风流。我今落魄邯郸道，要替先生借枕头。”另一诗句更奋袂昂扬：“愿作卢生不愿痦，饱食黄粱追梦去！”

吕真人大概没有想到，人之所以异于禽兽者，以其有梦也。人既生活在现实中；也生活在理想或幻想中。理想幻想，不亦梦想？张岱

邯郸黄粱梦村　吕仙祠

讲：有一脚夫，为人担酒。跌碎了酒瓮，赔偿不起，坐着傻想：但愿是梦。又一穷读书人，听到得中了的消息，欣喜至极，咬了一下自己的胳膊：莫非是梦？唯恐其非梦，唯恐其是梦。谁又能不在这醒与梦之间打转转？人就是活在一半儿醒一半儿梦里。醒着得不到的，梦里求得之。梦给人以慰藉，以满足。“第云理之所必无，安知情之所必有邪！”梦虽是虚，虚实相通，虚未必不可转化为实。梦又给人以希望，以力量，使人活得更有奔头。卢生的梦，实是人生的另一半。

吕真人虽是道家，不“无为”，偏偏“有为”，偏偏要替世人操心，弄出一枕黄粱，谓荣华富贵本是一梦。慢藏诲盗，冶容诲淫，恰恰搔着了世人的痒处。本想将人心弄得冷些，岂料反而更热了，热得烫手。

报到的当晚

晚饭后不一会儿，大殿外头有人喊：“集合，该走了。”老梁说：“回来再聊。”我送他到门口，往外一瞧，男男女女，嘻嘻哈哈地已是往一起集拢了。一个将大檐帽扣在后脑勺儿上的小伙子又狠劲地吹了两声哨子：“立正！人到齐了没有？向左转，齐步走。”

“似曾相识燕归来。”这队伍行列使我想起充满了朝气的学生时代。久违了的学生时代哟！

估摸着快要开演了。看演出去。

正值正月十四，月明如昼。天上的月与戏台上的灯交相辉映。台下人头攒动，如浪如潮。台上正在合奏。老梁歪斜着脑袋，下巴颏儿夹着小提琴。嘿，成了洋派儿了！还有拉二胡的、弹三弦的、吹笛吹笙的、打梆子的……土洋并举，五音联弹。演奏的节目，有国歌，有苏联歌曲，有广东音乐，有民间小调儿，真可谓极尽百花之齐放。合奏之后是打腰鼓，四男四女，红褂红裤，咚咚咚，咚咚咚。

瞅着台上蹦蹦跳跳的或男或女，像似刚过门的新媳妇打量婆家人，因为这是新的家了，以后要在一起混哩。

不远的墙角处有盏玻璃罩子灯，我凑了过去，是卖香烟、花生的。那老汉热情地递过来个马扎子，我坐了下来。

“同志，你们从哪儿来的？”

我说：“从邯郸来。”

“你们一月挣多少钱哩？俺村东头王家的二妮儿也在剧团里，是唱河南梆子的。在新乡哩。听说一个月挣一石小米哩。”

我说：“我们是供给制，不挣钱。”

“不挣钱，谁白干啊？”

我说：“我们要是挣钱了，你们也就不能白看了，是不是？”

“也是，也是。”

我又走回人群里，有一搭没一搭地东瞧瞧西瞧瞧。忽然发觉几个小伙子瞅着台上交头接耳嘁嘁喳喳。台上怎么啦？我也凝目望去。依然载歌载舞并无异常。渐渐地看出来了。那个《兄妹开荒》的“妹妹”竟是俊眉俏眼哩。明白了，别看这农村小伙憨厚老实的样子，说不定心里在想什么哩。

散戏后，吃夜宵。月光下，人影幢幢。我瞅瞅这儿望望那儿，哪个是那个“开荒”的？

拉　幕

野台子、小节目。合唱、合奏、快板、腰鼓、《兄妹开荒》《夫妻识字》……要的什么布景？我给晾起来了。

团长说：暂时帮着拉幕吧（谁知道“暂时”到何年何月）。我头也没抬，冲着他的盒子炮说：行！

进退维谷，自己和自己打起架来。这个自己说：革命只有分工不同，并无高低贵贱之分。那个自己说：你去和团长调换个个儿，看他干不干？

治病救人，灵丹妙药未必准定奏效。碰对了，偏方儿反而药到病除。我的偏方儿是“上湾街”。想起了在上湾街提尿壶的事。将拉幕和给人提尿壶比了比。嘿，退一步，海阔天空！

现在写到这儿，仍不由得想笑。知道不？拉幕也蛮有趣哩！

趣在哪儿？位置最是得天独厚。往左一瞅，高矮胖瘦、黑白俊丑、男女老少、芸芸众生，尽收眼底、尽情端详个够；往右一瞅，倏悲倏喜、忽乐忽怒、装模作样、弄虚作假。刚刚还在后台闹别扭，一步迈出来，嘻嘻哈哈亲密无间了。蒙谁哩？蒙看戏的哩。再往左一瞅，那一个个瞪大了眼，张大着嘴，伸长了脖子聚精会神的样儿，真真蒙在鼓里哩。“众人皆醉我独醒”，独窥其秘，能不快哉？俗话说：“唱戏的是疯子，看戏的是傻子。”我是疯子傻子全看，能不快哉？

尤为快意的是，说来未免不大光明磊落了。舞台指挥的哨子“嘟”地一响，是示意要拉幕了。哨声过后，台上台下都绷紧了弦儿。台下是一个个猴急相。台上敲锣的、打鼓的、拉弦儿的全摆好了架势“定格”在那儿了。将在外君命有所不受。稍稍晚拉开一会儿，让台上台下多着急一会儿，能不快哉？

舞台指挥对我说：“听到哨子声立即就拉幕，别走神儿。”他还说我“别走神儿”哩，其实我正全神贯注着哩。

“打成一片”

团长在会上说：“我们演戏是给农民看的，这个大家都知道。要想把戏演好，演农民像农民，就必须去熟悉他们，在思想感情上和他们打成一片。这个大家也都知道，不再多说了。今天要说的是，我们现在就在他们中间了。出这个门，进那个门，一抬腿，就上了他们炕头上了。除了演出、排练，有的是时间。大家说说，怎么个去熟悉他们，和他们打成一片。”

七嘴八舌。有的说，分头串门儿，演老头儿的找老头儿，演老太太的找老太太，演男青年的找小伙子，演女青年的找大嫂大姐；有的说，仅是串门儿还不行，还要顺便帮着干活儿；有的说，最好是搬着铺盖卷住到老乡家里去……我哩，还顶着一头高粱花子哩，好不容易扔掉了锄把儿，怎好意思去说“打成一片”去？可又总得说啊！说什么呢？急死我了。

说了就做，雷厉风行，八仙过海，各显其能。可能是女人的天性，那些女团员和大娘大婶们凑到一起总能很快地就亲热起来。一块儿捡麦子、推碾子，只差没纳鞋底子了，因为不会。

她们越是起劲儿，领导越是鼓励；领导越是鼓励，她们越是起劲儿。男的都有点儿眼红了。

一天傍晚，吃饭的时候。女的们先是小声地笑，终于憋不住，大笑起来。我们问笑啥哩？她们说：今儿去串门，那家的老大娘可亲热哩。一会儿抓来一把红枣，一会儿抓来一把花生。瞅瞅这个，瞧瞧那个，喜欢得没法儿说。她抓着小杨的手端详过来端详过去："闺女多大啦？"小杨说："十八啦。""嘿哟，嘿哟，多好的个闺女啊，有婆家了吗？给你说个婆家吧，俺村里的。行不？好闺女。"小杨一听，捂着脸跑出来了。

有好几天没见小杨串门儿。那个老大娘也真是的，你说这样的话，叫人家一个姑娘家怎好意思再去"打成一片"去？

强打鸭子上架

跟随着文工团巡回演出一个月，画出了一套连环画。

偶然从《河北日报》上读到一则一个老汉在事实面前转变了重男轻女的思想的故事。仿照着连环画的格式，一张张画起来。怎么画的？我不是有一本粘贴的剪报、米谷画的《小二黑结婚》么，瞅一眼“二诸葛”，画一笔我那老汉。强打鸭子上架是也。

朱柏庐有言：“毋临渴而掘井。”可世上有几人能于未渴之前虑及已渴之后？渴而掘井总比渴而不掘好些，且为时亦未必晚，不亦穷则思变？

在临清大众教育馆，有本职工作（搞美术宣传），也有固定的宣传阵地（群众阅览室）。我画画儿的能耐充其量不过是“依样画葫芦”；而宣传工作所需，也无非是临摹放大现成的漫画、宣传画。矮人骑矬马，正般配。不淹不旱的年头儿，怎会想到那“治家格言”。

虽然从太原“半路上杀出个程咬金”，使我有点儿像庄子说的那个衔着腐鼠的鸱。可又只是虚晃了一下板斧，却没露出人影儿。莫非那“程咬金”“非梧桐不止”？如此正好，无扰于我，天下太平。又怎会想到那“治家格言”。

本意是调邯郸“更上一层楼”，没想到这步棋走砸了。丢了阅览室的宣传工作，文工团里又无布景可画。鸡飞蛋打，进退失据。更堵心的是那根拉幕的绳头儿已塞到了我手里。“美术工作者”是啥成色？拉幕是啥成色？笔杆儿换成绳头儿，能心甘情愿？

“热爱美术工作”，不知听我们这行当里人说过多少遍了。我自己也不知说过多少遍了。对别人不好妄断。只说自己。有句经典名言：世上没有无缘无故的爱。对美术“爱”而且“热”是何缘何故？还真有点儿怕这么较真儿地问哩。

这一回可真的热爱起来了，热爱得玩儿命了。一个梳头匣子大小的箱子，权充桌子；揽在怀里，弯腰箕踞。本对创作一窍不通，定要无米为炊。锣鼓声、琴笛声、噪闹声聒得脑袋欲炸。内受其困；外受其扰。坐下起来；起来坐下。放下笔，又拿起笔。一忽儿自暴自弃：算了，别受这罪了！一忽儿自己又骂自己：属乌龟的，一碰就缩脖子，活该拉幕去！一忽儿又“见弹而求鸮炙”：万一在报上登出来，可就鲤鱼跳龙门了。身份不同了。就这样，一忽儿嗒然若丧，一忽儿兴奋若狂。画还没画完，已成了半个疯子。

不知是应验了“锲而不舍，金石可镂”那句话，还是上辈子烧了几炷高香？怎能说“毋临渴而掘井”？强打的鸭子真的上了架了。那画儿登出来了。我捧着报纸，看了又看，莫非是梦？飘飘然，不饮而醉。走到街上总觉得背后有人悄声耳语：这就是画那连环画的。喜上加喜，接踵而至的是花花绿绿的钱票子（稿费）。嘿！成了小财主了。还有哩，下一步是，等着领导重视了。啊哈，搞美术为人民服务真好！好得没法说！

这连环画，却又成也萧何、败也萧何。欲知究竟，且听下回分解。

一张照片

是最近找到的，1951 年 8 月 28 日拍摄的欢送老李的合影。他调到什么地方？记不清了。

老李，木匠出身，粗通文化。可讲起道理来，头头是道，条分缕析，见微知著。我佩服得五体投地。偶尔也有看走眼的时候。就在照这合影的半年前，文工团全体去保定省艺校集训。保定是畿辅重地，是省会。别的且不说，各种各样的小吃有好多就没见过。把我们馋得不得了，可又囊中空空。不知是谁始作俑，继而大家争相仿效。是将穿旧了的军装卖给打鼓的。有了钱，我和老梁是去大慈阁底下喝酒吃螃蟹。有的去槐茂酱菜园对过儿吃白肉罩火烧。唯独老李不吃不喝，卖了衣服又买衣服。跑到城隍庙的估衣摊上买了件黄呢大衣。人靠衣衫马靠鞍，乡巴佬一变而成洋派儿了。令人眼馋至极。保定文工团的几个女团员挤眉弄眼，哧哧窃笑。笑得我们毛骨悚然。怎么回事？转弯抹角地一打听，是笑老李哩。原来老李买的是件女大衣，我再仔细一瞅，果然老李身上多出了点儿浑身曲线的娘们味儿。老李这个好人，却没得善终，是被汽车撞死的。那汽车逃之夭夭了。祸从天降，不白之冤。我听后大骂：那个开车的早晚开到沟里去，摔死他狗 × 的！

台阶上跷着二郎腿坐着的不就是会计？嘿，裤腿足有一尺二寸。是为的时兴，还是为的让裁缝少赚点儿布？我俩是文工团的二大贤（闲）。闲得直发牢骚。越发牢骚越是有共同语言，越是热乎得形影不离。后来我调到报社，分开了。没想到在保定又分配到一个系统里。1955 年，号召干部下放基层。在红星剧场听动员报告时，他叹气一声："小韩，你有一技之长。可我哩，这回说不定到哪里去哩。"他下放到偏僻的山区。塞翁失马，安知非福。始是区助理，继而区长，继而县委宣传部部长，继而县委书记。原文工团的人每见了面，总要啧啧称羡：咱文工团这么多人，就老王是个人物，成了县委书记了。他是在"文革"前病故的，据当地人说，是个很不错的书记。

他的旁边是老袁，亦已作古了。批判武训时，他在学习小组会上读报。抑扬顿挫，声情并茂。当读到"武训兴义学培养出来的尽是反动阶级的走狗奴才"时，忽地卡了壳。大家说："念呀，念呀。"他红着脸说："下边的第一个名字是俺姥爷。"

在老袁上边站着的是小吴——《兄妹开荒》的"妹妹"。嗓子清脆得像银铃。说唱就唱、说笑就笑、说哭就哭。有一天正晌午，我和弹三弦的老郭，还有一个，是谁？想不起来了，在丛台下面的湖岸边洗衣服。看见她端着一盆衣服远远走来。老郭悄声说："咱们吓唬吓唬小吴，假装着往湖里推她。”我已想象出了那情景，她一定吓得尖声大叫，一定开心极了。等到了跟前，老郭喊了声“一二！”我们猛地站了起来。有的拉、有的推。而她的思路满拧，以为我们抢占洗衣石哩。两股劲并成了一股劲，正巧柳树根一绊，扑通一声，她和老郭一起倒进水里没了影儿。我吓愣了。又“哗啦”一声，老郭拉着她从水里站了起来。两个落汤鸡，身上脸上全是黑泥，咳咳直呛。这下惹了大祸了，人家还是姑娘家哩！我想，她就要号啕大哭了。她看看我们，又瞧瞧自己。再是也没料到，哈哈大笑起来。幸好旁边有座小庙屋，幸好有一盆没洗的衣服，遮挡着换上了。她没事了，我们心里终是有事，连骗带哄：“回去千万别说，行不？你想吃什么？你说，我们请你，行不？”

紧挨着她的是小傅，嗓子虽不清脆却颇有韵味，只是唱着唱着就哑了。这时“开荒”的“妹妹”就帮腔了。一个前台，一个后台，演起了双簧。

小傅的旁边是农村老大娘要给说婆家的“革大”毕业生小杨。小小年纪总像个大人样儿。她关心地对我说：“小韩，你应该向组织申请入团嘛，要严格地要求自己嘛。以后要和党团员多接近，才能进步得更快，你说是不是？”

这是《王秀鸾》的主演。据说她嫂子是冀南一带解放区里的第一个女县长。由她想起了我——大闹文工团。

是在地委大院里向领导汇报演出，舞台指挥说：“今天晚上全体

邯郸文工团全体合影

总动员。小韩，你也演个群众。”我仿照着别人的样儿往脸上抹了油彩，头上包了毛巾。舞台指挥又喊了：“小韩，前边拉幕去！”我说：“我已化上装了。”他说：“化上装怕什么，去！”我说：“让我演戏，我就不拉幕；让我拉幕，我就不演戏。”他说：“叫你干什么，你就干什么！”我说：“我干这个！”一拳打了过去。他一趔趄，亏了他的脚踩着了幕布的下沿，不然的话，仰面朝天倒到前台上去了。这时“王秀鸾”正在边唱边犁地哩，书记、专员正仰着脖子往台上瞧哩。一拳之后，彼此都清醒了。我含愧带臊地坐在角落里，舞台指挥似乎再没有发号施令。

第二天晚上继续去地委大院演出。团长说：“小韩，今晚你甭去了，留下看家吧。”我心中窃喜，沾了那一拳的光了。大队人马一走，闩上大门，把院子里、各屋里的电灯通通拉开。准备好一根木棒。复又闩上屋门。学那关老爷，夜读起来。不知什么时候起了风，越来越大，其声凄厉像鬼哭。间杂着这儿“哐当”一声，那儿“哐当”一声。忽地对面屋子里的灯灭了。我害怕起来，攥着木棍着急：他们怎么还不回来？

隐隐约约的似有敲门声，我长出了一口气，赶忙去开门。不是演出的回来了，是小张。

怎地照片上没有她？对了，已是调到峰峰矿区去了。小张现下也已六十好几了。我还记得她那一拐一拐的样子。不知她是咋想的？巡回演出的路上，规定了的女的坐马车男的步行，可她偏要和男的在一起。我们说：“你坐车去吧。”她犟得很，头一扭：“不！”可走不了几里地就掉了队。穿着接收来的傅作义的大兵的军装，拐啊拐的活像个俘虏。我们说：“你去坐车去吧。”她仍是头一扭：“不！”老聂总喜欢逗这个“革大”毕业生：“哈哈，大家瞧，小张又抹口红啦！”她急了，用袖子往嘴上狠劲一擦：“没有！”“还说没有哩，看，更红了。”她越发急了，用袖子更狠劲地一擦：“没有！”

小张是请探亲假回北京，经由邯郸换车，顺便来文工团住上一天看看大家。我喜出望外，这下可有了伴儿了。她进来一看，问：“她们呢？”我如此这般地告诉了。她抬腿就走，说要往地委大院找她们去。我恳求说：“别去啦，马上就回来了。”她仍很犟，头一扭：“不！”我闩上大门，心中悻悻，真不够意思，见死不救。后来我细思谋，她为何抬腿就走？恍然大悟。试想，黑天半夜，一男一女，别人会怎么想？我怎就思不及此？实是吓糊涂了。嘿！只一年多，她长大了。

还有一个小女孩儿，怎么照片上没有？就是那个尿炕的。

瞅了半天才找到弹三弦的老郭，竟在大门洞里猫着哩。一想起他，就想起“不”字。

巡回演出时，大伙儿挤在一起睡地铺。睡不着，嘴就闲不住。熄了灯，谁也瞧不见谁的脸，就越发放肆了。云山雾罩，胡说八道，大荤大素，大俗大雅全来了。弹三弦的老郭讲了个小段子，余音绕梁至今。他言道：“农村老太太最盼的是抱孙子或抱外孙。有个老太太，闺女出嫁两年多了，还不生养。把这老太太急的哟。为什么不生养呢？是咋回子事呢？有一天闺女回娘家来了。等到夜晚睡下了，老太太问了，闺女回答了。你们想想，像这种事儿，一个当娘的怎好问得出口？闺女又怎好答得出口？嘿！问的问了，答的答了。你们猜猜，她们是怎地一问一答的？”我们比那老太太还急，冲着老郭吼起来：“别卖关子了，快说快说！”老郭说：

“你们好好听着：

‘你们不啊？’

‘俺不不。’

‘你们不不，怎么还不呢？’

‘俺不不，还不哩；要不，就更不了。’”

这个“不”字，像川剧变脸，一晃一个样儿。目送归鸿，手挥五弦。可圈可点，大俗大雅。

老梁旁边是老黑，按戏班子里的说道是唱主角的。不但是主角，爬杆上高挂幕布、点汽灯、敲锣敲鼓打梆子，样样全能。这儿呼来，那儿喊去。离了他，文工团这个“地球”大有不能转了之势。独领风骚，令人眼红。“穷了别提先前，老了别提当年”，现下是又黑又胖，呼哧呼哧直喘，风光不再了。

这个小家伙叫什么来着？在业务讨论会上大言不惭地说：“我只认得 1234567，不认得刀来米发少拉稀。”

这是吹笛子的。这是……

这是从《河北画报》上看到的照片——保定大慈阁。就照片中人们的衣着看，当是上世纪 50 年代初。也是在这时，和老梁在阁下街旁的小酒馆里第一次吃螃蟹。河北省第一期美术训练班就在大慈阁西院，前殿是学员宿舍。我是第一期学员，在这儿住了一个多月。

种棉花

邯郸四周的成安、临漳、肥乡、广平各县，历来是产棉之乡。卖棉买粮。日本鬼子侵略时期，变着法儿坑害老百姓。秋后，突然压低棉价抬高粮价，一压一抬，老百姓叫苦连天。

建国初，大力发展纺织工业，棉花原料供不应求。政府号召农民大种棉花。号召谈何容易。不推不动，推推动动，推而不动。你这里三令五申，他那里这个耳朵进那个耳朵出。可也别说老百姓落后，一朝被蛇咬，十年怕井绳。吃亏吃怕了。

完不成棉花上缴任务，全专区干部总动员。下基层蹲点突击。文工团分配到成安。到县城后，化整为零，分头到乡到村。我和两个女团员分到一个村里。

一是召集农民读报读文件。反复讲说种棉的重要意义。再是写标语，这是我的本行了。赤膊上阵，满村里墙上抡刷子。我欣欣然对那两员女将说："以往是你们在台上出风头，我拉幕，我侍候你们。这回是你们抬灰桶，侍候我。咱们扯平了。”

标语是上边发下来的：“积极支援工业建设”“加强工农联盟”“要发家、种棉花”……

刚刚写了没几天，上边来了指示：“‘要发家、种棉花’提法不妥，应改为‘爱国家、种棉花’。”

糟了，恰恰这条标语写得最多，看麻烦不！

我和那两位女将又抬起灰桶满街去抡刷子。好在是土墙，一划拉就掉。写标语时，没多少人看。这一改标语，全看热闹来了。我身后七嘴八舌。“怎地啦，怎么又改了？”“又不让‘发家’啦，又让‘爱国’哩。”

一天，区里来人说：某某村的农民将煮熟的棉籽种到地里，蒙骗干部。之后再偷偷种上五谷杂粮。那熟棉籽恰成了上好的肥料。这一来，我们忙活了。紧着召集村民大会，连劝带唬：什么时候棉花长出芽儿我们什么时候走，若是长出别的庄稼来，要受罚，还得犁了再种。再是整天价村前村后满地里转悠。一看见耩地的，立即跑了过去，伸手就往种子口袋里去掏，看是不是熟棉籽。说句不好听的话，我们简直像防贼一样防他们。八成是，他们也像防贼一样防我们。

挨家吃派饭，天天两稀一干。中午饭吃窝头，早、晚饭喝稀粥。头两天还没什么，几天后再看我们吧：一碗黄豆芽咸菜，三个人抢着当饭吃。

整天价烟袋不离嘴的王老汉，挤了挤眼小声对我说：“前村有家卖油炸馃子的，是香油馃子哩。”我听了心中一动，咽了口唾沫。又不好意思起来。莫非被他看出了饿得难受的样儿，替我出主意哩？也许是逗弄我哩。我若是真的去买馃子吃了，他该背后取笑了：瞧这干部们，饿了知道吃油炸馃子，怎不吃棉花去。谁知道他是啥意思？这老汉心眼子可多着哩。

忘年交

游嶂石岩。见冻凌背的瀑布后面有一小庙。仅可容膝。中有一石偶，不知是何尊神。墙上有壁画，依稀可辨：云雾中一小鬼推车，一仙人坐车。本是腾云驾雾凭虚御风，何须以车？继而一想，恍然大悟：仙人摆阔也。

由这坐车的仙人，想起坐在车屁股上的另一位仙人。

五十年前，从书上读到一则有关河北束鹿（今辛集市）小李庄五龙圣母庙里的壁画的描述：龙母娘娘的出巡行列中，有一位管测降雨量的小差使的老年随员。没有施雨诸神的骑马资格，也不愿杂列于年轻龙卒之间步行。略受优待，在龙母的大车屁股后面占了半席地盘。又因没有东张西望的兴致，抱起头打瞌睡。

这老年随员“坐”得颇堪玩味。

坐车屁股，大不体面。可这是驷马高车的屁股，不亦于不体面中亦有体面？不亦正因有了这不体面才有了那体面？这老年随员“坐”

出了一个并非大谬的人世之理：体面与不体面本是一分为二或曰合二而一的。

那老年随员“没有东张西望的兴致，抱起头打瞌睡”，依我揣猜，未必不是装装样儿，怎知他不是故意做出受宠不惊之状，以夸耀于步行的年轻龙卒？

他的心思不仅昭然若揭，还像一面反光镜，照出了龙母娘娘。原来尊荣显赫的龙母竟也有怜老之心，神也有人情味。当然，要等级分明，绝不能乱了上下尊卑之序。

虽得知于书本，缘悭一面，他却成了我的忘年交。像似经常向我絮叨：就因为我坐在车屁股上，你才看出了这些人情世态。画画儿讲究个传神。怎么个传法？传神离不开细节。多思谋思谋我这个细节，能帮你悟出点儿画画的道道儿，就看你能不能触类旁通、举一反三了。

那本书就是王朝闻的《新艺术创作论》。是他在谈到想象、幻想、灵感、创作冲动无一不与直接、间接的生活经验有关时提到那幅壁画的。

王老前辈九秩大庆。我画了一幅漫画祝寿。写了如下的话：年轻时虽喜绘画，苦不得门径。一日，偶于书店购得《新艺术创作论》，如盲者忽焉见日，聋者遽然闻声。如饥如渴，反复诵读，将厚厚一册背得烂熟。

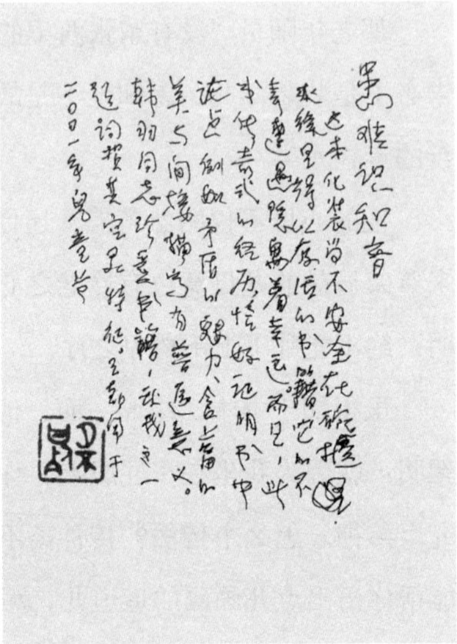

坐在龙母娘娘车屁股上的老年随员就出自这本书中。老年随员成了我以后美术创作的指导员。缘于此，珍藏到今已有六十八年了。原封面已损毁，现在的封面是我在“文化大革命”中重新粘贴而成。朝闻老谓之“空灵”。

过街楼与南门里

起初，报社里没几个人。临时安置在地委大院东南角的一座过街楼上。隆冬腊月，高处不胜寒。年轻火力壮，不在乎这个。不会登高作赋，偏喜居高临下。站在廊檐外，扒着花墙沿儿，瞅瞅这里，望望那里。

那年雪大，漫天纷飞，上下一色皆白。我正在门楼上看得入神。小巷里走出一个挎篮子的老汉，两脚往前一出溜，一屁股蹲在雪地里。这有名讲，叫“老头儿钻被窝”。我哈哈大笑。那老汉爬起来边拍打身上的雪边仰脸冲我大嚷：“笑啥哩，笑啥哩，有啥好笑的？还是国家干部哩！”

后来报社搬迁到南门里路东一处民宅里。人员陆续增添，麻雀虽小，五脏俱全了。

社长，原是县委书记，在专区里也算是大官了，温文尔雅。太太老魏，搞通联工作。嘻嘻哈哈，大大咧咧，两条辫子，一脸麻子。总编在临清时就相识，是个厚道的老大哥。副总编是地委宣传部部长的夫人，英姿飒爽。

一提起住在我对门的老郑，就想起他喝碱水。他爱人大嚷：“茶缸子里的水怎地没了？”他说：“我喝了。”“唉哟，我的天奶奶！这是我刚刚沏好的准备洗衣服的碱水。”一提起他就想起“红装素裹”。我偶然从一本陈旧的杂志上看到了《沁园春·雪》，欣欣然如发现孤本秘籍。写成条幅贴在墙上，以示多知博闻。他去我屋里找报纸。说不是红装素“裹”，是红装素“裹”。才知是我认错了字，才知他肚子里的墨水比我多。从此，对他多了一分敬意。

在报社里独他能识谱。那时的流行歌曲，早先时是“解放区的天，是明朗的天”；后来是“雄赳赳，气昂昂，跨过鸭绿江”；再后来兴起了“二呀么二郎山，高呀么高万丈”。轮到老郑独领风骚了。黑压压坐满了一院子人，他高高站在台阶上，俨然若三军统帅。随着他手挥臂舞，众口齐声，山鸣谷应。我觑了一眼社长、总编，仰着下巴颏儿乖乖地如小学生。嘿，颠了个儿倒转乾坤了。我又觑了一眼他爱人小严，眉飞色舞，美滋滋的。嘿，夫贵妻荣。

小严比老郑小，十八九岁。“忽”地哭了，“忽”地笑了。怎么看怎么不像是个“媳妇”，更像是个老郑的小妹妹。我买了一条黄方格枕巾，几天后她也买了一条黄方格枕巾。我患感冒，不想吃食堂的饭，去街上饭铺里端回一碗肉丝榨菜汤面。后来她也患感冒了。听她在屋里喊老郑：“你给我去买一碗肉丝榨菜汤面去。”嘿，和我攀比起来了。我暗笑：有本事你也长个我的奔儿头。

老褚，斜眯着眼，歪戴口罩，一边遮住腮帮子，一边露出半拉嘴角，不知有啥讲究？在编辑部里，人们闲暇时是唠嗑。他是两手将后脑勺儿一扳，往椅背上一靠，独自向隅，走神儿。间或嘟嘟囔囔。有一次我听得真真地，他嘟囔了一句：“巧言令色鲜矣仁。”他怎地了？谁惹了他了？

老吕，在报社里算是年岁最大的了。一看他我就想起《打龙袍》里的太监老陈琳。这“老陈琳”一肚子荤故事。靠了这，颇有人缘。他喜欢去记者组屋里闲坐。只要他一去，定准了的，不一会儿准会爆出笑声。尤其是记者老唐的尖嗓门儿：“哈哈哈哈，你这嘴真骚，真该给你缝上！喂，还有吗？再来一段。”

校对组的小郭，农村的媳妇大老远地看他来了，吃饭时只买了碗凉粉就算是菜了，真抠门儿！

后来文工团解散，挎盒子炮的团长，还有小杨，也调到了报社。旧缘结新缘，又在一个锅里吃饭了。

印刷车间有个工人师傅是堂邑小吕庄人。“老乡见老乡，两眼泪汪汪”，大概是说的亲热劲。不提别的，就说下棋吧，那师傅只要一凑过来，准定帮我。

"此亦飞之至也"

前边提过，成也萧何，败也萧何。

一套连环画还真的"鲤鱼跳了龙门"，一变拉幕的而为美术编辑。把我调到了新成立的农民报社。这不是"成也萧何"？

"败也萧何"，恰好是败在"成"上。今非昔比，不再矮人三分。心花怒放，腰板挺直，怎么出气怎么顺溜了。

临清大众教育馆的洪馆长，不知何故不愿在临清工作了，要去北京报考中央美术学院。过邯郸时，邀我同去。我摇了摇头。他说："你刚参加工作时不是说过还想上学？这不是机会来了。"我说："那时是想，前几个月还想哩，现下不想了。"他也摇了摇头，似乎是说一会儿热一会儿冷，这家伙是怎么了？我不告诉他。此时我正为那连环画扬扬自得哩。好不容易挣来个"美术编辑"，岂能轻易丢掉。画画儿凑合着也能无师自通，当学生干什么？当干部哩！再说故土难离。离家已经有三百里地远了，要坐一整天汽车哩。再者说，也该找个对象成家过日子哩。不让老人操心，能在外边娶个媳妇才叫本事，才叫风光哩。

后来每想及此，噬脐莫及。那时怎地竟那么易于满足，那么小器易盈？就那一念之差，又走错了一步。那连环画算是把我坑苦了，弄得我年年填表都得填个“小学毕业”。

可那时既无远虑也无近忧，如《庄子》中的小鸟说的“翱翔蓬蒿之间，此亦飞之至也”。

跋

家乡有人来看我，带有《聊城图片百年》《图说聊城大运河》等老照片图册，逗得我“老夫聊发少年狂”，大呼小叫，一惊一乍，频频想起《信马由缰》（该书是我的童年与青年时的回忆，写于1994-1996年。发表于《美文》。）盖《聊城图片百年》与《信马由缰》犹如民歌《挂枝儿》：“泥人儿，好一似咱两个。捻一个你，塑一个我，看两下里如何。将他来揉和了重新做，重捻一个你，重塑一个我，我身上有你也，你身上有了我。”

再是偶然发现的家乡的民间年画、门神、吴桥木偶戏照片，“似曾相识燕归来”，少年往事浮上心头：一边吃着年糕、包子，一边与那门神我瞅他，他瞅我。那土得掉渣的逗人笑出眼泪的木偶戏，迷得我满身是汗地随着那耍木偶的挑担，他到哪里我跟到哪里。这些民间玩意儿不仅伴随了我的整个童年，也是我毕生从事的写文作画的源头活水。适值《信马由缰》再版，将这照片搜集增补进来，有如园林“借景”，为小书生色，像袁枚记小仓山：“非山之所有者，皆山之所有也。”

图书在版编目（CIP）数据

信马由缰 / 韩羽著. -- 石家庄 : 河北美术出版社，2018.12

（韩羽集）

ISBN 978-7-5310-9730-3

Ⅰ. ①信… Ⅱ. ①韩… Ⅲ. ①随笔一作品集一中国一当代 Ⅳ. ①I267.1

中国版本图书馆 CIP 数据核字（2018）第 289912 号

策　　划：潘海波　李　彬
责任编辑：张　静　李　沐　王倍佳
书籍设计：韩　羽　李　沐　王倍佳
责任校对：曹九涛　李　宏
出　　版：河北出版传媒集团　河北美术出版社
发　　行：河北美术出版社
地　　址：河北省石家庄市和平西路新文里8号
邮　　编：050071
网　　址：http://www.hebms.com
印　　刷：河北健明印刷包装有限公司
开　　本：880mm × 1230mm　1/32
印　　张：9.75
版　　次：2018年12月第1版
印　　次：2018年12月第1次印刷

定　　价：55.00元

河北美术出版社　　官方微信公众号　　淘宝商城

质量服务承诺：如发现缺页、倒装等印制质量问题，可直接向本社调换。

服务电话：0311-87060677